走過這一世的證據

—影像回顧現代詩集

陳 福 成 著

文 學 叢 刊

文史哲出版社印行

國家圖書館出版品預行編目資料

走過這一世的證據：影像回顧現代詩集 /
/ 陳福成著.-- 初版 --
臺北市：文史哲,民 109.06
頁; 公分. --（文學叢刊；420）
ISBN 978-986-314-511-0（平裝）

863.51　　109007848

文學叢刊 420

走過這一世的證據

— 影像回顧現代詩集

著　者：陳　福　成
出版者：文　史　哲　出　版　社
http:// www.lapen.com.tw
e-mail：lapen@ms74.hinet.net
登記證字號：行政院新聞局版臺業字五三三七號
發行人：彭　正　雄
發行所：文　史　哲　出　版　社
印刷者：文　史　哲　出　版　社
臺北市羅斯福路一段七十二巷四號
郵政劃撥帳號：一六一八〇一七五
電話886-2-23511028 · 傳真886-2-23965656

定價新臺幣五八〇元

二〇二〇年（民一〇九）六月初版

ISBN 978-986-314-511-0　　10420

走過這一世的證據
——影像回顧現代詩集

目　次

證據4：我們這個小圈圈……………七一

證據7：台灣大學退休人員

證據12：文學的因緣……………二〇〇

證據24：祖國行

序詩，走過這一世的證據

——影像回顧現代詩集

時間實在跑得太快
快的不像話
打破了愛因斯坦的時空定律
我企圖從深邃的最初起點打撈回憶
發現，許多的風林火山
沈落了大海深處的闇黑世界，隨漩渦漂流
我急於要攔截一些證據
證實我曾經走過這一世
有過鐵案如山的詩

最叫我驚心肉跳的是那兵荒馬亂的十九年
身旁四週的江河海洋都是破碎的
一隻隻掠食者齜牙裂嘴想要吃人
那時的我，先天不良，後天失調
險些被破碎的浪潮打成碎片
有幾回差一點成為掠食者餐桌上的豬排
幸好我天生硬骨架，永不低頭
我從荒蕪險惡的廢墟裡
硬生生的把自己救離苦海
回頭是岸，重新坐上常態行駛的列車

到了很有年紀時，才終於悟到
原來所有的苦難都是自找的
自造的因，自收的果
正當少年不知愁之味時
竟追隨師兄弟前往南蠻南少林習武

經七年苦修，多少也習得一身三腳工夫
數百兄弟下山，個個磨劍霍霍
隨時準備北伐中原，收拾舊山河

說真格的，我們在原地踏步
原地磨劍十九年，更早師兄弟已磨了幾十年
直到年已半百，都沒有用劍機會
只好退隱山林，修煉另一種文字武功
悠閒時與方塊字談情說愛
好叫人生有點浪漫氣息，不要老玩刀槍
走入文學詩歌的百花園，才赫然發現
政治和軍事是魔鬼的事業
只有文學詩歌是人的事業
說到魔鬼，我行走人間數十年發現怪現狀
人間本是人的世界，為何妖魔鬼怪多得不像話
尤其這南蠻小島，幾乎魔鬼比人多

就在我積極於捕捉行走證據時
小島是由一個有倭鬼血統的女妖統治著
無數的魑魅魍魎魑魖魃魔及各類妖族鬼怪等
爭相向大權在握的女妖獻媚以搶食大餅
所剩不多的人皆成草，天空已不蔚藍
碩果僅存的一個英雄正在奮戰
企圖救民於水火，挽小島於將沈亡
這人魔之戰將如何收場，未可逆料也
但我定將所見筆之於書，述之以詩
畢竟這也是我行走人間道所見之證據
證據不可毀滅，須留存後世警惕我炎黃子孫

人生苦短，生命有限，世界太大
肉身行走太慢，三輩子也走不完神州大地
於是我讓肉身靜坐書房，讀書、創作、寫詩
放飛我的神識，穿梭於三界二十八重天

只要一眨眼工夫，伯力、漠河、噴赤河、曾母暗沙
均一覽無餘，讓神州江河與我同時呼吸
血肉與山岳土壤融化成供養族人的養分
自知天命，自成沉默的風景，千山獨行
只留下這一世走過人間的證據

人間雖然反常的魔鬼多
但物以類聚是自然法則，我當然和人交朋友
尤其把知心好友的真性情收入詩裡
所有事件的起點，是我的宇宙大爆炸
累世因緣合和，無盡流轉開啓我燦爛的世界
一路所見，很多愛與慈悲都已陣亡
吾僅與人交，在我人的世界裡
享有已成稀世珍寶的親情、友情和愛情
我從小愛做夢，沒有一顆星星漏出我的夢境
常常想要摘星，建設理想國

而所有的理想國，早已成為夢幻泡影
幾十年的實驗、檢證，以及慘痛的失敗
終於悟得一點點
原來，真實和夢幻是一國的
瞬間與永恆是一家人，乃至有無、生死並無差別
現在宇由星辰已收納吾心，我織夢成真

此後，我不住於色聲香味觸法
我是潛藏深海裡住於巨蚌中的詩人
淘洗沙塵中涵富的意象
加上海鹽鹹味醞釀佳餚，以海草之飄逸調理空靈
如是無住生詩
並恒向天空的北極之星以免偏離航道
隨業流轉，做轉世之準備

中國文藝協會理事、華文現代詩同仁、台大退休老兵、台北公館蟾蜍山
萬盛草堂主人　陳福成　誌於二〇一九年端午佳節

證據 1：所有事件的起點

隨業相遇（一）

千百世的業
牽引著你我
老爸
終於在一個小島的終點
開始了所有事件的
起點

隨業相遇（二）

一定是有幾世的
眷戀
才流轉到妳的懷裡
老媽
後來有很多
春秋大業的開展
妳是這一切的
起點

想念

雖然妳乘業而去
我還是想念
想念，像一杯美式咖啡
有一種
淡甜而滿足了某種
欲望的
苦味

當我們小時候

假如只有小時候
沒有大時候
小時候能夠恒在
多麼美好
一切的一切
隨業流轉吧
你現在一定是流轉到了
理想國

渾沌初開時

這時天地初開
一切都是混混沌沌
渾渾噩噩
隨風飄來飄去
不知有天地
不識有人鬼
無知無覺的自然
自自然然

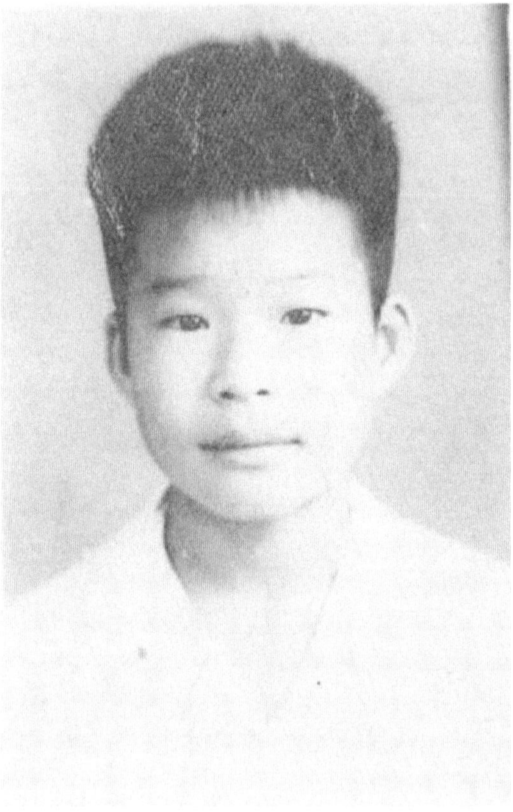

這時最快樂

任何時候看出去
都是霧
霧，白茫茫
我們在霧中生活
從霧裡看世界
這樣最快樂
後來霧漸漸開了
就開始有了事件

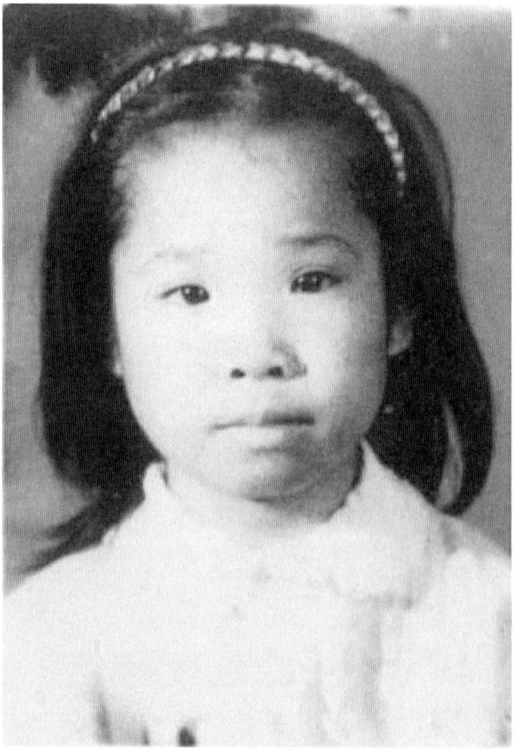

小妹最像觀世音菩薩

她生來就是觀世音菩薩的性格
忘了自己的苦
到處去救苦救難
真好
吾家有一個菩薩
是吾家、左鄰右舍的福報
長大後成為模範母親
是社會的典範

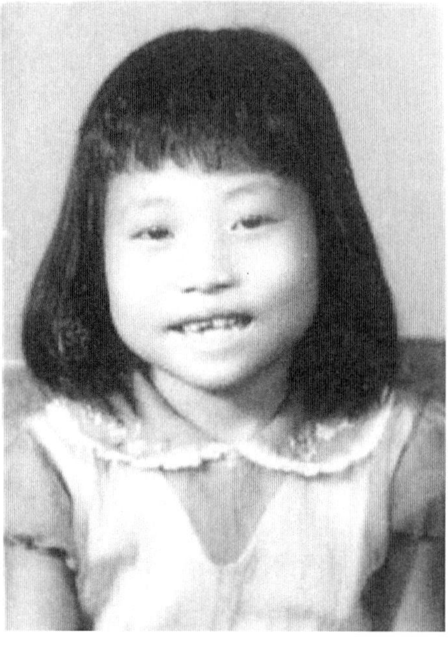

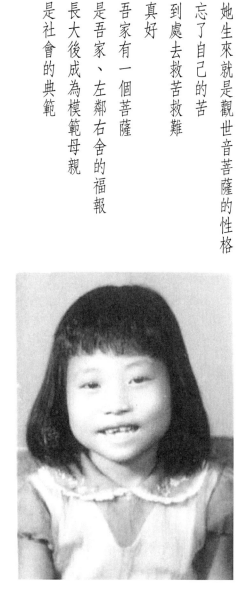

浮生若寄

那些純真
如春天的年華
就此一別
各隨西風去
那些起起落落的浮生
若
寄

回憶這美景（一）

無憂，翻飛的彩蝶
把每個日子都擦亮
亮得，照亮湖面
漣漪的迴音
喚來山地姑娘合影
大家在此時
共構一幅永恆的美景

回憶這美景（二）

在一個如春的季節
如春的年少
我們總是追尋陽光
並將陽光種在院子裡
好在沒有陽光時
溫暖心窩
這樣
陽光就日夜都有

生命繁殖著

經千百世的流轉
生命在此碰撞成
一團火花
又繁殖一團團
所有的青春容顏
都循著太陽的路徑
奔行
直到一片片葉
飄落

證據2：革命熔爐苦煉七年

在鳳山磨劍

那時我們這票熱血青年
天天在鳳山磨劍
一磨就磨了七年
但一輩子沒有用劍機會

到老了我碰到達摩
他說
靠磨劍成大業
如同磨磚成鏡

站著，站成一座山

我們以站著為修行基本功
站成一面牆
讓黃杰、于豪章等大人看
據聞
站著讓大人看
就能成為一座座
大山

我們的站姿宣言

我們兩手插腰
這姿勢的宣言
我們將把丟掉的全部江山
收回來，同時
解救同胞　統一中國
物換星移到如今
物種會滅　夢想不滅
只盼同胞救我們

黃埔湖

中國人民的血淚
匯流成一座湖
我們在此洗禮
才脫胎換骨
不知如今
黃埔何在？
湖何在？
或早已乾涸
俱不在

陸軍官校司令台

多少名將在此經説法
如今，經丟法失
熱血青年在此殺聲震天
現在，姑息養奸
難到
一切有為法
如夢幻泡影
是真的！
春秋正義也是泡影乎？

預備班十三期寢室

國土脆危
山已倒
江洋大海早已變色
這寢室已化微塵
但那夢幻泡影
始終活在我心中
日愈鮮活
永恆不滅

預備班十三期

畢業照

民國60年7月12日
是鳳山磨劍
第一階段畢業
此後
我們化龍，過橋
繼續磨劍
等待用劍的機會
機會，始終存在

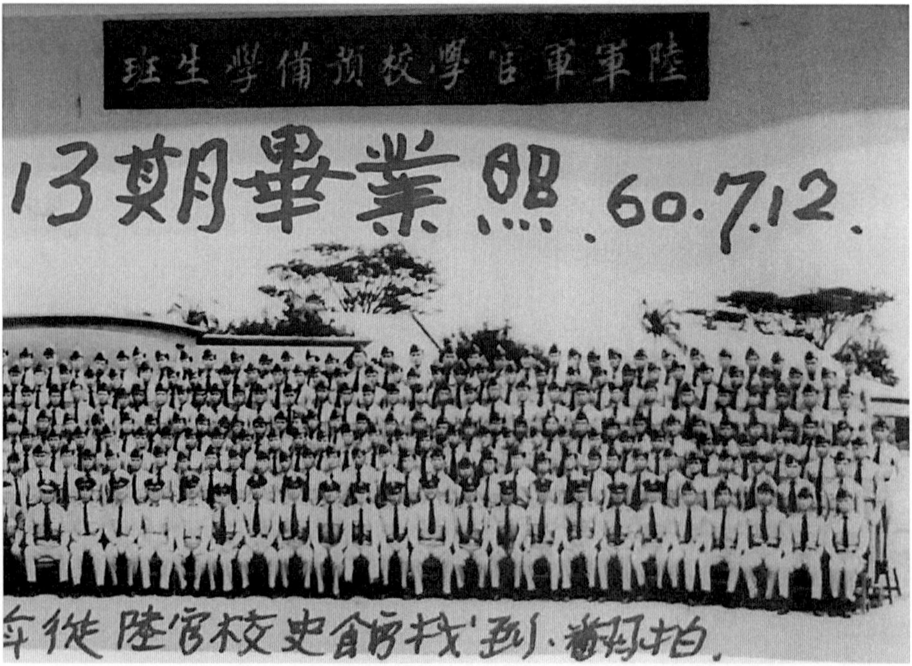

友誼不朽

真情友誼是不朽的
就算沉沒海底五十年
偶然浮出水面
記憶見了陽光
立即發芽
枝葉茂盛
那殞落的半個世紀
如清夢一場

發射了

起程前
先發射一管火砲
同時發射的
是時間
經常不加不減
不進不退
或在茫然停頓
落點或終點
不知道在那裡

預五連加油站

我們尚未啓程
就經常要加油
因為
反攻大陸　解救同胞
必須加很多油
但後來我漸漸知道
油，不論加多少
都到不了中原

像個革命軍人

從小立志要革命
那時以為革命是扮家家酒
玩遊戲
到後來覺得革命
都在吃飯喝酒鬼混
真是不好玩
至少曾經人模人樣
像個革命軍人

陸官英文老師張長有

一日為師　終身為父
懵懂的年紀
不知感恩
如今雲淡風輕
你已移民西方
至誠通靈
請接受我期同學至誠感恩
但願老師永駐西方
不要再來地球了

老營長，28期孫大公

在黃埔湖畔
你用愛和鐵
熬煉我們
成鋼鐵一般的隊伍
奈何我們都經不起時間熬煉
統一大業未成
土匪在島上作亂
你卻先移民西方
我等亦日愈凋零

證據3：野戰部隊十九年

馬祖高登無名英雄銅像

英雄無名
只與時間同在
並與日月同進退
我等也是英雄
願陪伴在你身旁
相互取暖
直到日月也凋萎

高登指揮官與幹部

想當年我們在高登
寂靜仙境
沒有雌性物種的誘惑
無水無電仍活著
用意志力打敗自然法則
潮起潮落
都不影響我們在此
磨劍、練功

指揮官、各連長、連輔導長，後排左一是作者

高登臺

永恆的站在這裡
北望神州
聽得見
同胞擁擠的人潮
看得見
對岸老鄉的臉
他也正在
看我

高登砲兵連弟兄

我們為何苦苦的守在這裡
日夜都是地老天荒
總把四季黃昏
披在身上
槍不離身
就怕海邊一塊礁石
突然
站了起來
我們就當成前世約會吧

與連上官兵弟兄合影，我們平時任務是驅離大陸漁船，數千艘漁船圍困高登島是常有的事。

十八相送

我卸下一座山
調往金門
承擔看海的重責大任
來不及實現的諾言
以及未喝的酒
暫時放著
待我凱旋歸來
不負諸君
十八相送

離別宣言

我是流浪的風
飄泊的雲
風起雲湧
身不由己

各位是深插的鐵柱
這兩年誰也動不了你
我們各在異地
同磨一把劍

因緣

因緣真奇妙
一陣風
把許多雲朵吹來相聚
不久又吹散他們
都是風的因緣
別後我要化成一金魚
隨因緣
漂向海洋

金防部政三組老兵

那時
他騎著赤兔馬
隨著向南奔流的
長江黃河浪
暫駐太武山下
直到馬蹄銹壞
藏在他心中的原鄉
依然美麗

迷航了

把一艘船
開上夢織成的海洋
泊於夢魘
又行於闇黑之境
我終於迷航了
偶然經一偉人處
乃請求指出一條
光明之路

找路

在這裡停一下
找路
卻被路整得心頭煩亂
一種孤寂
阻路
路在茫茫處
找死人了
也找不到

靜觀

據聞
靜觀能自得
能找出一條路
我乘夜趕赴太武山上
靜觀天下
聞風聲氣息
面壁五年
終於找到出山的機會

金防部政三組同仁

武揚坑道是我們暫時的家
家在深深的地洞裡
所以我們算是
穴居民族
一場驚天動地的戰役
等我們開打
打勝仗了
我們就搬家

金門尚義機場

漂泊之途
無限寬廣
偶然路經貴寶地
會會老友
你我同是有情尚義的
漢子
雖一壺茶工夫
情義永在

小金門四位連長

都已經是古生代的事
一些幻影
已是難以考證
深藏的歲月不壞
記得
當時年輕的我們
情緒如風雲
起落無常

官兵同樂

大業未成
進退兩難
官兵又得自尋樂子
火砲從嘴裡射出
戰術在酒中醞釀
戰歌之火
只要點一下卡拉OK
便風雲起
山河動

在花防部講經説法

説到兵經兵法
真是萬能的神
可以讓你虜獲任何對手
包含情人或情敵
善用吾所説法
包準你成為九大行星
天天圍繞的
太陽

妻來眷探

戰場上的日子
總是不好混
只有妻來眷探
才是春天
又像戀愛的季節
那戰場上的敵我
突然心生慈悲
有了詩意
都因妻來眷探

在復興崗政研所

政局中人都知道
天下武功出復興崗
於是
我們來取經
並習得上乘功夫
積極用於北定中原
一統天下
這是我此生織過
最大的夢

三民主義

我們在復興崗研究所
修習並深化
一種至高無尚的功夫法門
名曰：三民主義
這比九陽真經厲害多了
九陽真經不過打敗幾個高手
三民主義卻能
統一中國

三軍大學

這裡是戰爭的溫牀
地球上所有戰爭
都從各地溫牀
一場場誕生
戰爭在冷笑
笑愚笨的人類
永不能終止戰爭
戰爭誓言下回大戰後
將把人類變類人

八百壯士除妖魔（一）

行走人間發現
妖魔鬼怪比人多
一群群魑魅魍魎
以其鬼蜮技倆
騎在人民頭上
我們這些老兵只得
重出江湖
斬妖除魔
抓鬼

八百壯士除妖魔（二）

老兵引燃憤怒的戰火
燒不死那些鬼
蒼涼的呼喊
都被土匪和妓女的邪氣
消釋
看來這南巒小島
鬼比人多
就在這第三百七十七天
成為世之末日吧

證據 4：我們這個小圈圈

許多小圈圈

以前排長說
不准劃小圈圈
我後來發一個宇宙定律
宇宙是由許多
小圈圈構成的
就像這個小圈圈
自成一個宇宙

小圈圈裡築夢

圈圈雖小
依然有夢
餅可以任意劃大
圈圈當然可以隨心擴張
所謂企圖決定版圖
是也
把夢境伸展
可以建國

戰場還在

已然花甲之齡
壯志仍在
我們仍按時擘劃戰爭
大家在餐桌上
論戰、點兵
指點江山
最後照一張相
供戰史學者考證

都像個人樣

把躺在肩膀上那些
耀武揚威的星星和梅花
全部落盡
突然
都出現了真我
才像個人樣
而回顧過往
浮生如夢

台大鹿鳴堂

當了一輩子的武人
好像身上少了什麼味道
來到台大鹿鳴堂
吃一頓飯
聞到書香味
餐後
校園走走，光景
如一首婉約的抒情詩

曇花與永恆

回首前面60年
一瞬間
包含一輩子所愛與事業
盡在其中

現在重調時間速度算法
慢慢走，再慢……
把一秒鐘拉長
再長，成永恆……

黃昏遇到黃昏

我們黃昏
也遇到一個黃昏
相約黃昏閒坐
夕陽與微風
都揮動手語
表明身份
天大地大
我也大

戰馬與鳥

前半生我們
是一匹戰馬
誓言要死在戰場上
幸而沒有可死的戰場

餘生
不當馬了
我們化成一隻隻鳥
賞鳥語花香

生活

到處閒逛
倏然
走到台大校慶
欣賞校花
對著我們微笑
我們也開心
生活
有如十七歲

木柵茶園

一座世外桃源
藏在茶山裡
人到此
物我兩忘
或互換身份
你成為一座山
一道流泉
公雞在此當家

草民們

找一個吉日
到桃花源
當閒人
閒聊間，大家讚嘆
一介草民
比當大將軍好多了
長於草原大地
聽寂靜之聲

任我行

風刮來，任他刮
他白刮
雨下來，任他下
他白下
風和雨都在困惑
他們碰到的是
任我行

除妖抓鬼

南蠻小島被妖和鬼
盤踞
喝人民的血壯大
說要另立乾坤
建妖鬼王國
老兵看不下去
只好重出江湖
除妖抓鬼

誰寂寞？

寂寞找上我
又找上他們
於是相約
大家上山找寂寞
寂寞早已逃之夭夭
只剩天地在心中
有人問
還有誰寂寞？

黃埔同學抗議什麼？

統一中國、解救同胞
這神聖使命已倒置
盼　中國統一
同胞救我

王師未到
妖鬼盤鋸
除妖不盡、鬼抓不完
老兵只好走上街頭抗議

還革命嗎？

我們始終在革命
這是革命嗎？
或非革命
大家一起走上街頭
高呼口號
以微笑暗示
革命已經結束

十八年前

十八年前
有三位同學向我告別
他們說不得已
移民西方
去了仍考西方軍校
我感嘆生命無常
乃組建「福心會」
本會唯一宗旨
慢活快樂

福心會之樂

餐桌依然是戰場
各個兵種
都以茶杯代兵棋
完成戰術推演
各英雄好漢
提報戰略構想
統一大業在這次飯局完成
能不樂乎！

證據 5：在台灣大學講經說法五年

台灣軍魂

北京軍事專刊
送我一頂
超級大帽子
台灣軍魂
這帽子太大了
也太重
但很好看

決戰閏八月

想當年
我說的決戰閏八月
防衛大台灣，是
用愛決戰
用夢防衛
愛與夢有黑洞的引力
可愛又好玩的
大戰略佈局

校長陳維昭頒階

校長頒贈三顆梅花
梅花，只有三顆
竟如三盞亮燈
照亮闇黑的宇宙
產生一股強大力道
掙脫了黑洞吸力
事後檢討
三顆梅花比一顆星星
好太多了

這裡就是世界了

當時的世界
就這一丁點大
各個的差別
只有化蝶或未化蝶
夢醒或未醒
酒已醉或未醉
這世界之外是撲朔迷離的
大家清醒後
各自紛飛

她是誰?

教官授勳大典
司儀先生
把我們點上台
留下一幅美景
有人說同船要修百年
不知我們這因緣
得修多少年

如風吹過

偶然一陣風
建構了這一瞬間的
一切
可風的腳步太快了
一吹
就過去了
好像風
從未來過

這一刻（一）

因緣生起
這美好的一刻
這一刻
心中只有感恩
有聲音自天外傳來
用心靜聽
說
有你真好

這一刻（二）

世事真奇妙
鹹魚翻身後
經常就在這一刻
貴人出現了
鹹魚身價倍增
死鴨子也會飛上天
這一切
感恩貴人啊

酒這種東西（一）

為什麼好漢
都要大碗喝酒
為什麼酒國
出英雄
為什麼李白斗酒
詩百篇
酒這種東西
是什麼東西

退休歡送

酒這種東西（二）

是什麼東西
他不是普通東西
他通神通天
通天，讓你步步高升
通神，通財神金庫
打通關節要靠他
長袖善舞更要他
說什麼東西
是你不是東西

酒這種東西（三）

說到實在
喝酒是一門藝術
是結合哲學、兵學、人生
之綜合科學
所要把握之法則
長官叫你喝酒
你不能不喝
不喝
你便不是東西

左起：學務長何寄彭、軍訓主任黃宏斌、陳福成、組長秦亞平。

已忘

曾有夢
同乘一條船
不久想忘於江湖
如船行過

往後聽到一些風聲
你在寂寞的數寒星
因為心想的女子
總不在心中

左起：劉亦哲、唐瑞和、陳福成

台大教官興衰錄（一）

行政大樓三樓
各宿舍區
共有四十八個教官
在一個將軍領導下
校園裡
日夜都有堅強的靠山
為守衛這裡
成為一片
讀書淨土

教官會餐

台大教官興衰錄（二）

一群土匪妖女
盤踞在廟堂之上
散發邪惡胎毒
多數物種在娘胎裡
就中了毒
當然也毒化了校園
有一種聲音
要把教官掃出校園
最後一個尚在掙扎中

教官出遊

美女來獻花

趁著夜色不明
美女獻上
朵朵香花
我們開始有些想像
啃食心中的安慰
假如有所期待
希望女人和花的世界
構築人生的夢和詩

夜間部畢業同學（中）來獻花。
左起：蔣莊裕、陳福成、蔣先凰、組長秦亞平

讓山整一整

我們日子過得太好了
不知人間疾苦
於是，我們爬山
讓山整一整
體驗艱困與風險
山熬煉我們身心
山策勵我們修行
我們有了山的容顏

登山會長顏瑞和教授（中）

證據6：台大退聯會兩任四年理事長

美，存在這裡

在這五濁世界裡
美麗是不多的
在我辦公室裡
美，是永恆的存在
常被我捕捉
被我典藏
也典藏在歷史
的心肝裡

校長楊泮池主持千歲宴

由退聯會所策劃的
台大千歲宴
隆重登場
校長楊泮池親自主持
我看到
一個個的千歲爺們
滿臉閃耀著太陽光茫
迎面而來

怎樣當好理事長

我始終在思考這個問題
記住一個前輩的話
致詞要比
美女的迷你裙短
我加以改良進化
業務報告寫得像情書
甜言蜜語致詞
果然
眾皆迷醉　皆大歡喜

當我們同在一起

當我們同在一起
就這一瞬間
歷史留住了我們
無懼於時間
時間被放逐至邊陲
我們如花之燦爛
永不老化
永恆如是

主任秘書林達德教授致詞

教授致詞就不一樣了
有格局、有學術高度
名詞雖硬
形容詞都有甜味
風度翩翩的他
眾皆如坐春風
是台大校園
最溫馨的片刻

他們眼中有四季

不信，你看
微笑中有春花的香味
有屬秋月的心思
不開冷氣有涼風
冬雪的明亮
卻溫暖
無盡的山河時空藏於
這位長者胸中

大合照

我們經過修辭打扮
大家排成一首
長長的現代詩
你懂或不懂
識與不識
都不那麼重要
因為大合照自成一宗族
眼神有光

我們

咱們
現在不管外面的世界
演化到那裡
知道就好
不理牠們
我們就這個樣子
談笑風聲
紋風不動

林達德教授

教授致詞當然有深度
他把致詞
刻在聽眾心版上
早晨散步誦一遍
晚餐後讀一回
午夜夢遊
仍聽教授演講

致詞修辭

一輩子常在致詞
怎樣使致詞動聽很重要
不外對每個詞下工夫
要聽懂中國字的心聲
每個字詞
都是活的
像活生生的女人
很難搞定

榮譽（一）

榮譽是一種風
不覺得有重量
卻重如泰山
榮譽是一種水
到處有水
以為不值錢
沒水你看看

榮譽（二）

這一點點榮譽
是一道彩霞
歸鳥尚未回到家
彩霞急得就寢
只薄薄的
瞬間光彩
心理舒爽極了

榮譽（三）

榮譽是一種因緣
定是你曾經
在福田裡
播下健康的種子
現在長出青春的芽
你正感受到芽
欣欣向榮與
快樂

榮譽（四）

因為你曾有很多布施
法布施、時間布施
體力布施
在你心中的福田
自然長出善果
你看，榮譽是
一顆顆善果

生活

生活少言少語
少去鬼扯
偶然
有了通靈的機會
以沉默之聲行不期之約
相互傾訴
生活不過這樣
走走看看

人生有夢

大家都有夢
夢越大
山河越小
雲和月更遠了
回家的路也遙遠
大家還是想做夢
這位要人做了和
地球一樣大的夢

人在台上

人生在台上時間少
台下時間多
台上視覺寬廣
可以看到許多風起雲湧
但看不到
耳語在風中來去
有深水魚活動
也看不到

我們在這裡遛

有時光陰行腳太慢
大家都設法遛
遛貓遛狗遛娃娃
把時間遛掉
我們遛人
相互遛
時間很快被遛掉
人生大業亦完成

得獎

文康會主委江簡富頒獎給我
做夢都沒想到
茫茫中行走
塵世如夢
從天上下一個個獎
沒頭沒尾的夢
而這個獎
有點來頭

懷念沙依仁教授

妳是我們第七、八任理事長
我是你的接班人
記憶中
你常駝著黃昏
到處講經說法
台大退聯會
永遠懷念妳

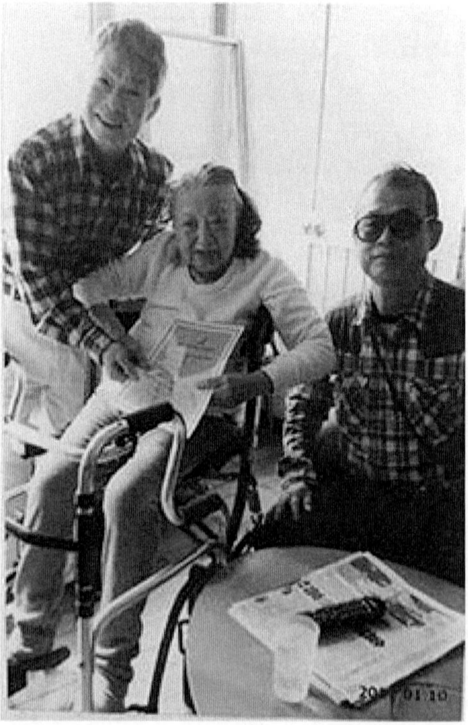

又畢業了

大家都被一匹奔馬追趕
想必你早已
過五關斬六將
一關關的畢業
每次都是
時光把馬牽到河岸
馬只得吃草喝水
但大家都希望有個畢業
最好永遠不要來

證據7：台灣大學退休人員聯誼會

台大退聯會祭祖（一）

中華民族列祖列宗
今何在
快顯靈
有一批背祖背宗的台獨份子
要把你們逐出國門
稱你們是老外
彰顯我們民族英靈
斬除這些不孝子孫

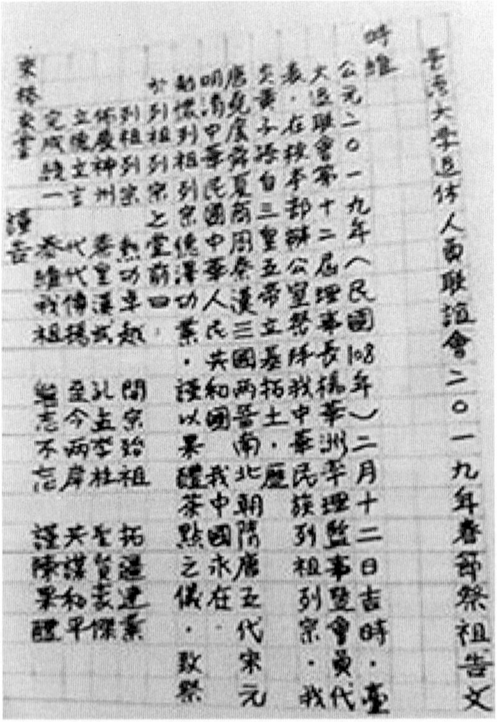

臺灣大學退休人員聯誼會二〇一九年春節祭祖告文
時維
公元二〇一九年（民國108年）二月十二日吉時．臺
大退聯會第十二屆理事長孫華洲理監事暨會員代
表．在校本部聯合公祭我中華民族列祖列宗．我
炎黃子孫自三皇五帝肇基拓土．歷代
虞夏商周秦漢三國兩晉南北朝隋唐五代宋元
明清民國中華人民共和國．我中國永在
緬懷列祖列宗功業．謹以果醴茶點之儀．致祭
於列祖列宗之靈前
列祖列宗　熱功奉獻　開宗始祖　拓疆建業
佈德神州　秦皇漢武　孔孟李杜　聖賢豪傑
立德立言　代代傳揚　至今兩岸　共謀和平
完成統一　承繼我祖　矢志不忘　謹陳果醴
家族家書　謹告

台大退聯會祭祖（二）

你們都去了天上
天空　很空
你們一定寂寞
因此我們除了祭祖
誦詩頌揚先祖功德
你們英靈組成民族魂
是一首
永恆不朽的史詩

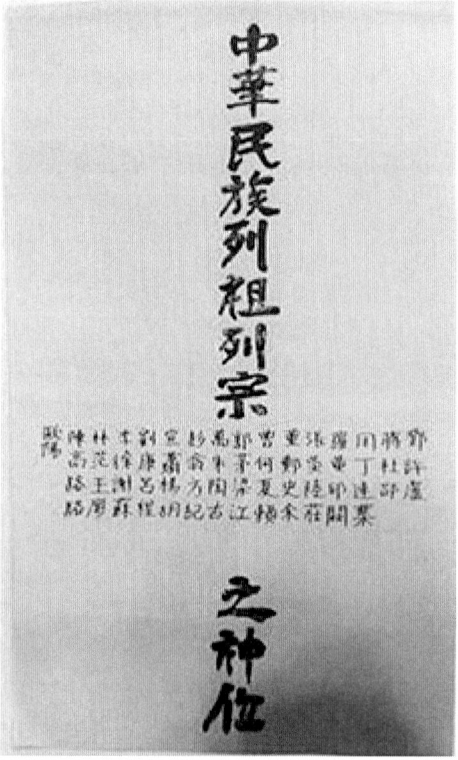

創會長宣家驊將軍

當年，就是
你率領一批元老兵馬
親自播下種子
才有今天的繁榮
給台大人一個溫暖的家
我們飲水思源
為老將軍獻上一首詩
並典藏於歷史時空

校長孫震

我最深刻的印象
你雖一介學者
但你面對台獨偽政權諸魔
頂天立地　心中無懼
發揮春秋大義的正義力量
使亂臣賊子懼
你是中華民族
永恆不死之民族精神
的化身

校長陳維昭

你是忠仁忠義的恩主公
你也頒給我
三朵梅花
你散發儒醫之風
行走於
神州大地
嘉惠中華子民

化成一隻鳥

做人是有些辛苦
大家嘆人生苦短
於是
我們不做人
化成一隻鳥
一群鳥
東飛　西飛
好不快活

人生有歌

蘿蔔讓雪吻過
原野有草草佇足
山坡有百花依戀
鳥兒有林蔭
江海有波浪
藍天擁抱白雲
女人生孩子
人間快樂有源頭

如影隨形

形到那裡
影在那裡
誰是影　誰是形
影和形爭論一個晚上
有了結果
非形走
亦非影動
乃心動是也

生活到處掰

我們一掰
就重整宇宙秩序
風吹草動
也被重新詮釋
人生苦甜各有定義
各有一家之言
生活就是到處掰
掰完後
拍拍屁股走人

出遊遠足

大家一高興
就把繁華宣囂
流放到黑龍江
我們退化成一隻鳥
不想知道人的事
只想當野鳥
或野馬
萎靡一下

下車站一站

不是灑尿、買藥
最美的姿態在廣場演出
站成樹或花
以植物的味道
標示地盤
雖然許多眾生在此
留下氣味
我們是最濃烈的

退聯會慶生會

老鷹不一定老
就像我們這群人
還能如鷹
翱翔於生命的天空
站上制高點
抵抗時間的侵略
團結一齊慶生
時間會無條件投降

說書（一）

從中國二十四朝代到
特狼普發瘋
倭人天皇得了性病
及地球何時滅亡
諸君要聽那一節
過去的已經過去
現在一開口也過去
未來的誰知道

說書（二）

就說說特狼普發瘋好了
叢林中最大的一隻狼
怎可能發瘋
牠以前說要吃誰就吃誰
什麼伊拉克、阿富汗
利比亞、敍利亞……
都不過是小點心
但牠現在碰到一條龍
日夜糾纏牠……

熱情的會員

一陣陣風
熱熱的
從台下眾中吹來
我彎腰抱住
湧來的熱情
這是身為領導的人
最要俱備的
謙卑修行

這美，成為典範

是什麼春風得意事
笑得如此燦爛
可以傳世的美
溫馨傾瀉四周
美感捎出的訊息
成為可以在
每個人心流芳
的典範

這樣過日子

在家找一隻公螞蟻
和一隻母螞蟻
欣賞他們比武
之後我們去唱歌
歌聲會殺時間
殺掉一些
無聊和寂寞
誆騙韶光
我們這是在過青年節

他們不讀詩

詩，是千山獨行的
隱者
他們是不讀詩的
只活得像詩
人也像詩
各位看倌看看
這座詩花園中
是什麼詩

彈吉他唱歌

我們彈唱
供養眾生
大多的時候像
獨白
只把現在唱成過去
給人溫暖就好
當我帶著吉他去流浪
依然惦記你

人生不可測

大家常說生命無常
話未落
眾人民推你上台
你沉思
七上八下
一片落葉無心的
隨風閒逛
一不小心就會
黃袍加身

俊歌榮升領導

就像我的恩主公俊歌
一不小心就成了
台大退休人員聯誼會
第十一任理事長
大業須要傳承
有了他
我除了放下
也放心
他有美麗的願景

第12任理事長楊華洲

你是最高學府中
行政能力更高的
無敵鐵金鋼
由你來接領導
是累世因緣的促成
先留下一張照片
鐵證如山
做下一世再見的證據

證據８：台大教官聯誼會

千山不獨行

千山獨行有很多例外
例如我們這一掛
很多機會同行
除了冬天冷
春夏秋有時更冷
天下雖大
找不到可以取暖的地方
我們找機會同行
取暖

相見暖心

地球一直在暖化
為什麼小島逆天而行
一直冷化
大街小巷都看到
寒帶禽獸的腳印
外面危險又冷
我們只好常相見
相見暖心
人多安全

承天禪寺問道

三個行者來到承天禪寺
求亂世修行之秘方
禪師低眉不語
我們一再苦求
那高僧才說修行之道
不外吃飯睡覺
吾等若有所悟
見白雲幻化成一瓣白蓮
重現閻浮提間

樞機主教單國璽

三個佛弟子
碰到天主的代理人
並未發生宗教戰爭
連歧見也沒有
心靈還能溝通
天帝教涵靜老人說對了
天主、阿拉和佛
本是一家人

總教官李長嘯將軍

定時舉辦的作戰會議
軍官團、莒光日等
就改成餐會了
戰場很單純
就一張桌子
致於軍情政情報告
大家從心所欲
戰力評估不能馬虎
以酒力為標準

酒力與戰力

檢驗真理最好的方式
就是實踐
在李長嘯將軍領導下
經長期驗證
酒力與戰力無必然關係
時成反比　亦有正比
兵法之用
存乎一心也

朝代死了

一個朝代過去了
如同夏商周秦漢……明清
一個個說死就死
不說明
也沒有交代
連基本尊重也沒有
我們的朝代也過去了
連往生
也沒有一絲機會

朝代死、我們活

朝代死了
真是死得其所
我們才有機會活
若朝代不死
我們天天得人五人六
就快活不起來
這證明相對論的正確性
生死亦相對

餐桌上的作戰會議

由總教官李將軍主持的
人生作戰會議
在餐桌上打了整晚
酒力抵消了戰力
笑浪減緩前進步調
暫時休息照一張相
以最速件傳
國軍史政檔案局
存查備用

彭公的鑽石婚宴

彭公與妻的鑽石婚
酒席的酒
可以裝滿太平洋
不是神話
是人間真實愛的傳奇
台大教官聯合各界
送今天的男女主角
一座愛情海

也是因緣

你們捎來的祝福
也是因緣
如同你們的身世
我會永久典藏
因緣不可思議
會結出一顆好果子
不知在何時
我們都沒有機會驗證

味道相同

一群味道相同的人
以味道為族群認證
味道識別證
掛在明亮的雙眼
偶爾想念影子
回憶故事
那種暖陽的感覺
咀嚼一下味道
總是常常發生

證據9：台大登山會

台大登山會

大叢林中有些味道相同的人
就像這掛，一顆心
常隱於深山
因為，天外
遇到的事，不可思議
於是我們創會組隊
長征百岳

我的爬山哲學

味道相同的人
有不同的哲學
我比較在意
自己可以在山裡
放生幾日，甚至
放生成一隻
野生動物
這樣才能真正成為
一座山的同志

一座山的美感

用欣賞一個美女的心態
欣賞一座山的美感
很貼切
因為你必須溫柔體貼
最要是用情專一的
爬山
會有無尚的享受
山的美麗和激情
否則，小心出事

玉山行（一）

很多人把玉山當神
在我心中
眾生平等
我與玉山是知音老友
很多人說玉山陡峭危險
我以為
你的心態才危險
玉山是個平凡人

玉山行（二）

一年上了兩次玉山
上癮了
老想與山外遇
尤其是玉山
讓我惜玉憐香
下山又想上山
難到不累嗎
與夢中情人約會
你會叫累嗎？

愛妻登玉山

可愛的女人
上了山不一樣
她慢慢的
像爬山虎
越過許多牆
深谷斷崖都擋不住
玉山竟被我妻
征服了

嘉明湖

所有登山者的最愛
是嘉明湖
絕對說中大家的心思
如何形容她的美
所有的語言文字都失能
只能說
她是藏於深山
不食人間煙火的
林志玲

有愛同行

行走於紅塵
一花一世界
千山獨行
有誰能與你常同行
愛是人間珍品
有愛常相伴
何其有幸

老夫這樣子

老夫自從退出江湖
就不像做人了
變成一隻鳥到處飛
或一匹
行空的馬
或放生在深山中的
野獸
此時老夫這樣子
像個野人

沉重的人生

身為人
背負許多使命
國家民族　事業家庭
人生多沉重
就連上玉山
都背負著這一大包
裡面裝的
是今生要完成的
使命

忘了何處

背後是山　山後是海
或天空
忘了何處
總之不會是宇宙之外
與好友并行
群山迆邐
山的純粹連結著空色
把登山者
融於大寧靜中

在山的懷裡

爬山
不外是想在山的懷裡
與山水林木同在
每向前走一步
他們都退居我身後
一朵雲飄過來
被我接住，突然
一座山倒向我，被我扶住
並扶正，爽啊！

在山的頭上

年輕在職場上打混
常被人騎在頭上
等到我有機會
騎在人家頭上
我又不忍
如今我有機會騎在山頭
總以謙卑和尊重的態度
面對所有的山頭

春節開登領紅包

每年春節後第一次登山
理事長在終點站發紅包
別人的紅包裝百元
我的紅包裝的
可是價值連藏的寶物
客倌猜一猜
猜中也有寶物贈你
一杯以詩調成的
中式咖啡

證據10：台大秘書室志工

當志工像寫詩

當志工的感覺
像一首詩的誕生
很隨與
隨性而
突然有靈感燃燒
熱呼呼的
很想與人分享
客倌
這點熱情給你享用

志工菩薩群像

每個志工都是菩薩
給人方便
給人歡喜
給人所要的春天
同時也給自己
身處冬季時
有春天的容顏
可以感受百花盛開

樂在其中

志工之樂何在
一起拼一起取暖
團結打敗黃昏入侵
把如影隨形的敵人
殺了
時間就不來找你
此外，看這笑容
價值連城啊
能不樂乎？

校門口坐台

我坐校門口看
理想來問路
好奇來打聽
兒童先來熟習環境
無數眾生湧來
大多走馬看花
真能進來的
是稀有物種

志工木柵茶園遠足

陽光漫灑在茶園
我們與茶園
互為粉絲
足跡就隨風飄了
或乘雲也可
走累了坐下來
閒聊
我等與茶園的貓
有共同語言

蟲洞在這裡

一花一世界
一葉一如來
這裡有三個宇宙
只有經過蟲洞
證明我們在
某一時刻
能同成一個宇宙
只有這裡
有蟲洞

遇見

遇見是不容易的
風要遇見山谷
才能聽到幽徑沙沙作歌
要遇見雲才有故事
正苦惱於
只是左手遇右手時
我們遇見
台大的傳奇故事
由此開始

茶園幽思

找到一個幽境
坐下來
以微笑冥想
思索人生足印
飄落的一片芳華
都是舊夢了
現在就把這幽境
當成我們共同的閨房
把握這春光

快樂修習

快樂不會從天上掉下來
要修行和學習並舉
能得快樂法門
我用吉他修習
快樂之音
化成巴黎的高級香水
散播開來
溶化所有聞到的人

生活是一首現代詩

沒有任何規則約束
我行我素
反正大家都不懂
你也不須解釋
活著就是現代
一步能跨過十萬八千里
是詩
詩，我說了算數

等客人

當志工常在等客人
老遠看到人走來
馬上起身
「人客來坐」
整個下午生意清淡
等到一個人
如孫悟空等師父
等了五百年

證據 11：台大閒情

台大到南京大學

她讀台大
我每天看著
緊緊看著一隻羊
怕她碰上大野狼
最近把她放生
在南京大學練功
悠遊神州大地
吃好料

慈濟美女記者來訪

美女來訪
問校園之美
我到醉月湖賞景
人與湖有了動靜之美
若人去湖空
想必柳絲也不舞春風
淡淡花香
散出淡淡的感傷

荏苒歲月

從起點到終點
時快時慢
我們都走過漫漫兩個世紀
路大多不大好走
但苦難
也有不錯的正面價值
把日子拉長
延長了旅程
到達終點的時間自然延後

商議除妖滅魔

很多妖魔鬼怪
群聚在這座小島
到處吃人咬人
一種可怕的胎毒
佈散全島
台大的孫逸仙信徒
團結商議
除妖滅魔之道

陳國華教授帶頭捉鬼

由陳國華教授所領導的
台大逸仙學會
專門捉校園的妖魔
全台最高學府
妖魔鬼怪也最多
邪惡勢力最大
孫中山信徒定要
斬妖除魔
這是我們的天命天職

教官和議員美女

我們身處小島上
兩個戰場
竟兩個戰場都打敗仗
有何面目見江東父老
歲月的箭射傷自己
省得我們跳太平洋
如今眼前一片模糊
江山盡被妖魔
搶奪

校長管中閔上任

盤踞在廟堂上的土匪頭目
動員所屬妖魔鬼怪
收買一群鼠輩走狗
及大批腦殘粉絲
傾其全力
卡管
一度拔管
幸好春秋正義發揮力量
管校長還是上任了

末世抗議

眾犬抗議
火車的霸道
助長
黑暗勢力的進化壯大
無邊罪惡
把這裡推向末世
死亡與新生
無關抗議

安慰、歡喜

在這最高學府
當了幾年理事長下來
大家都安慰　歡喜
台大並未重回軍政時期
四季都是春天
辦公室常有喜鵲
大家一起同樂
一起散播愛的種子

妖魔呈遞降書

妖魔鬼怪雖然厲害
但邪不勝正
妖魔投降了
魔鬼的代理人出面
向管中閔呈遞
降書
小心，魔鬼必會再來
吾等隨時備戰

台大閒情

到傅鐘前掛黃絲帶
向傅斯年訴苦
有妖魔盤踞台大
只聞鐘聲悠揚
絲帶飛舞
沒說什麼
也許所有的神話
早已衰老死亡

釣

眾生活著在釣
釣錢、釣個位置
或釣頂烏紗帽
我們也用心釣
釣風釣雨
釣一首詩一段緣
意外
釣到不太熟的戀情

什麼風吹來的

什麼風把你吹來的
我猜是情
你說是愛
他說有一種風
名叫寂寞
寂寞有東方不敗功力
所有人碰上了
出走
是一條最佳路徑

寒舍

這是我的豪宅
可以證明
多年修行成果
確實是空了
只剩兩袖
未空
無產階級果然
最為尊貴

山中有怪物

爬山的人都知道要小心
因為山中有怪物
山就是一隻野獸
小徑蜷曲成蟒
把落日吞噬後
最危險
有些人上山之後
再也沒有下山

證據12：文學的因緣

我的文學王國

從未想過
筆，可以為刀劍
為槍砲
啓動一個戰場

從未想過
文學，可成版圖
獨立建國
江山無限大

中國文藝協會文藝獎章證書 （一〇三）文獎字第〇〇九號
陳福成先生從事專題寫作，成績斐然，經推薦評審通過，
榮獲本會第五十五屆文藝獎章「專題創作獎」獎章壹座。
此證
中國文藝協會
全國文藝節慶祝大會
中華民國　五月四日

風光（一）

相信
永夜的地方
也有星光
有微風
人活一輩子
至少有一次
風光
這條路就不算
白做工

風光（二）

人家給我風光
我向風光一鞠躬是基本禮節
之後很長時間裡
我走到哪裡
都散發一體幽香
巴黎香水吧
吸引不少讚嘆

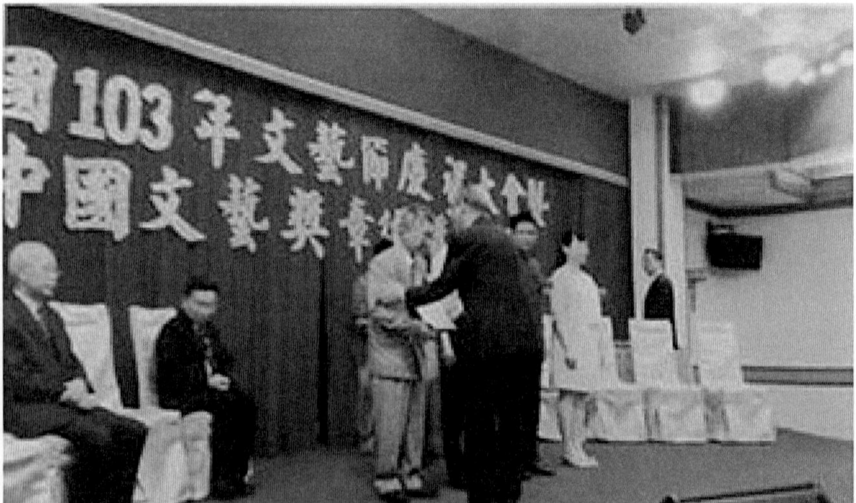

風光（三）

風光有了香水味後
可吸引粉絲
醞釀友誼
感情熱度上升
只可惜
作品的市場佔有率
並未提高
原來風和光都存在
卻賣不出銀子

風光（四）

俊歌一定要和我合照
説要粘光
不知道他是否粘到光
我先感受到
友誼的溫度
比早晨的陽光更暖
頓覺
千山非獨行

《華文現代詩》雜誌

因緣不思議
井水和河水
竟有蟲洞相通
並共構
一座小舞台
許多詩人用詩編織
生命的舞展

這些詩構之山頭

一花一世界
這些不是山頭嗎？
看他們的形式與內涵
完全合乎山頭的定義
看他們自成詩國之領導
無與倫比
不是山頭又是什麼
乃詩構之山頭

站在這山頭

我站在這山頭
覺得地心引力弱了
說些有關詩的過去式
現在式和未來式
好像老僧講經
眼前林木森森
也是山頭
不能說山頭有錯

一信

這位詩壇老山頭
曾被黑白無常
拉去見閻羅王
竟未被收留
閻王說山頭未老
詩國大業未成
一信重出詩壇
依然是不結盟的山頭

聚散

一陣風起
把飄散的落葉
聚攏
隔夜就散了
沒有憂傷
只見落葉在風中飄
越飄越遠

文壇詩界

文學把大家串起來
串成一個樂園
南方的詩
北方的詩
引起一陣雷聲
光是橫的或直的
也引起雷公不高興
轟轟隆隆

中庸學會帶動彈唱

我帶著吉他去流浪
被文史哲的風
吹到中庸學會
一群可愛的
春花秋月和喜鵲
成了我的粉絲
夯翻天了
留下這美麗的回憶

在江西九江文協

本以為詩無國界
到了這裡
詩的味道很類似
長像也差不多
有共同語言
相同意境觀
連泥土都芳香
到底為什麼

臨別前

要各尋所愛去了
留下證據吧
否則快起風
無風也有雨要來
或隕石撞地球
站好微笑祝福
讓九九重陽
能撐過
地球第六次大滅絕

偶遇

老中青三代
來自同一個家
在詩園偶遇
邂逅一段春色後
大家共勉
人生要慢活享受
詩不要寫太長
以免害人

自己是自己的英雄

誰說英雄的時代過了
你為什麼是你
他為什麼是他
個個都是山頭
誰也不理誰
誰都想管誰
自己是自己的英雄
老夫是自己的朕
不行嗎？

童詩講評

好詩人要從小培養
各位小朋友
好詩要像巧克力
大家都愛吃
最重要的技巧
要在名詞、動詞、形容詞
乃至虛詞等
放一些糖
這樣讀起來有甜味

詩獎

如何評選出最好的詩
這是很困難的
百花中那一朵最美
一井之水那一滴最甜
只好以非尺之尺
補以拈花微笑
做為取捨之依據
這須有佛的智慧啊

華文現代詩五週年詩獎決審委員會議，在華國大飯店舉行，五位決審委員：前排左 3-4 向明、麥穗、1 許其正、後排左 3-4 陳寧貴、莫渝。魯蛟前輩及華文編輯團隊：林錫嘉、陳福成、彭正雄。

文史哲出版社

人稱彭公的
六一九砲彈英雄
創辦的文史哲出版社
半個世紀
以一人抵一個集團
把中國文明文化寶典
聚攏在這裡
廣傳全世界
中華民族列祖列宗
感謝你，保佑你

記得那時

海內外詩人都來了
我們參與詩的盛會
人都忘了
詩都記得
也記得那裡的土壤
播下種子長大了
不曾忘記
才有寫詩的動力

詩以外

以詩會有外
其實我還有更重要的
我來尋夢
一種常在夢中出現
夢遊也曾到過的
那塊極大夢土
光是夢就親切
現在要實地看看
熱情擁抱

記得你是學佛的

那陣風之後
詩香未淡
就過了十年
記得你是學佛的
學了那麼久
也該空了
只有詩是不能空的
否則怎叫詩人

文友同樂

民謠也是詩
是諾貝爾文學獎說的
但我彈唱民謠
為說民心真相
此外，用我琴音
供養作家詩人
那些黃昏和寂寞
都入神了

文藝獎章證書

那些李白、杜甫、蘇東坡等
是不須要證書的
我等，誰相信呢
才須要一張證書
有了這張
怎麼寫大家都相信
你說詩是一本黃金存摺
相信
大家都相信

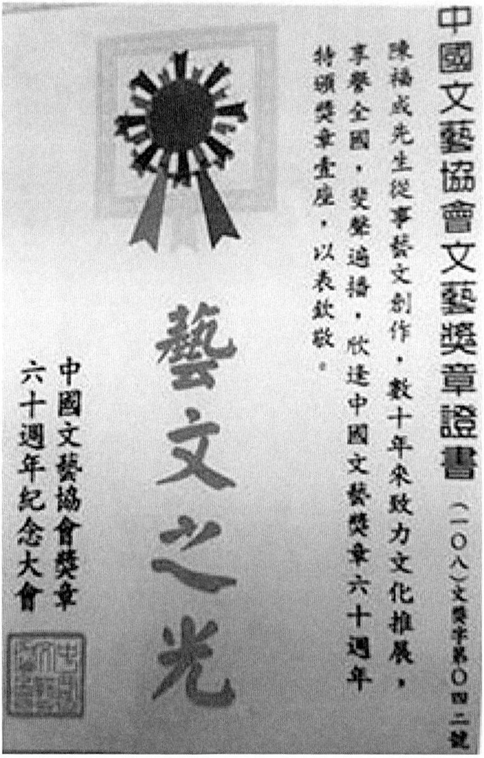

中國文藝協會文藝獎章證書 (一〇八)文獎字第〇四二號

陳福成先生從事藝文創作，數十年來致力文化推展，享譽全國，斐聲遐播，欣逢中國文藝獎章六十週年特頒獎章壹座，以表欽敬。

藝文之光

中國文藝協會獎章
六十週年紀念大會

窮得剩下詩

我們這輩子
不知中了什麼邪
或什麼奇毒
把榮華富貴逐出家門
視金銀如糞土
煮雲充飢
劃餅養家
搞詩，搞一輩子
窮得剩下詩

綠蒂，詩壇義工

你的自在
已然八風吹不動
如風如雲
在生命之海漂泊
且無住生詩
連人一起
布施給詩壇
你是詩壇義工
觀自在綠蒂

鶴山論壇

法師開壇
向眾生講經説法
馬英九來聽
他説了一些官話
四周空氣凝結
有人問法師空或不空
法師無語
論壇是無言説法

我在賣詩

我站在一個論壇
為行銷詩
我把詩抹上香水
使勁的喊
喊破現場的天空
竟無人出價
原來生命中的擁有
只有詩是無價的

詩友遛詩遠足

詩人所擁有的是詩
一群詩人遠足帶什麼呢
當然就帶著詩
不是考肉水果
帶詩遛詩
培養詩人的氣質
肚子裡有詩
所見皆詩

證據13：秋水詩緣——涂靜怡詩姊的深情卡

妳給大家春天

為什麼
八方浪漫唯美的風
向妳聚攏
有人猜是愛
我猜妳給大家春天
在妳這裡
四季皆春

初戀的暖窩

秋水是一座初戀的暖窩
只要來一次
就戀上了
從此一輩子不忘
不論秋水是瘦是胖
想起初戀的感覺
依舊洶湧澎湃

秋水流域的分佈

秋水是第幾大江河
源頭在一個秘境
主流流向神州大地
支流佈向地球
各浪漫國度
涓涓潺湲
是許多人心上
永遠之樂音

我是來找神話的

傳說這裡有美麗的神話
我不信
非得來看看
說不出的感覺
神話竟真的存在
流傳在這浪漫的國度
國民都有一種依戀
原來
這不是神話

死忠信徒

發現一個神奇的現象
那些詩人啊
沒有皈依神
也沒有皈依山河大地
卻皈依了秋水
成了死忠信徒
詩姊，妳是誰
讓我難以定位

妳很堅強

妳身為一方領主
雖遠離五濁紅塵
在邊陲建設理想國
敵人對手還是有
我所知
明槍傷過妳
暗箭害過妳
有不少是誤會
幸好妳很堅強

妳總是等著大家

各方悠閒的風
柔美的雲
相約要來
穿過重重喧囂的阻隔
而我是過五關斬六將
才到的
看到妳大家都高興
妳總是等著大家

秋水風景

秋水是不搞革命的
但有革命性的風景
來的人皆自在
各取所需、情調自調
高論滔滔
或書架前站成一座銅像
秋水溪畔風景好
我們來這裡放牛吃草

秋水骨硬

真沒想到
秋水骨很硬
撐起一座浪漫的山脈
建構一汪唯美的江海
理想國得有
完善的典章制度
國主要有硬骨頭
才能撐下去

詩屋與金屋（一）

秋水詩屋
是詩人的金屋
典藏著詩人的四季
秋水長河的傳奇
你我的依戀
熱情的這裡流淌
心靈禪音與詩誦聲
交織成
一屋子金色的回憶

詩屋與金屋（二）

詩屋不比金屋富貴
但比金屋典雅快樂
詩屋收納的是
詩人的真善美
這人間一方淨土
閃耀著詩人的馨輝
這種唯美的風景
金屋裡找不到

秋水聚會

假日午後風景怡人
適宜來詩屋尋寶探奇
有一陣鳥語花香先到
我是懶散孤舟
進門已見滿座悠揚
八卦與詩歌辯證一下午
直到黃昏款款趕人
尚未理出結論

吉他生詩

我們簽署詩的宣言
詩是自然的
無所不在
詩人你是怎樣生詩的
各家任其自然生長
我是用彈的
彈吉他生詩
正是我的最愛

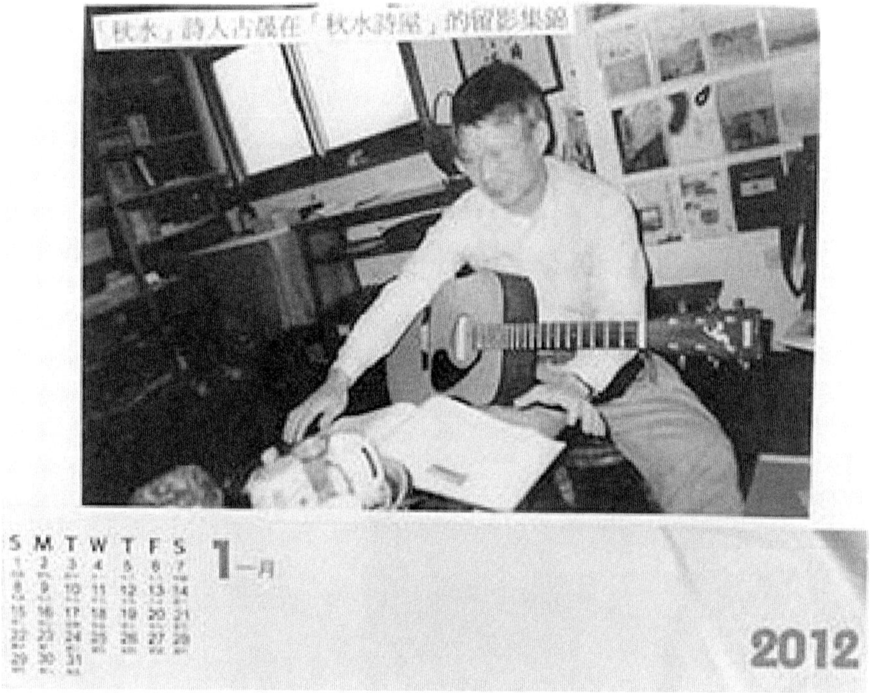

流浪到秋水

寂寞的琴音找不到出口
帶著吉他去流浪
隨著水聲漂泊吧
竟因緣流轉
流浪到秋水
悠悠開啓前世的記憶
好熟悉的水聲
琴音就從這裡
流向澎湃的大海

相約來天空之城

人間太煩太濁
據聞
天空之城有淨土
我們相約趕路
很快紅塵被遺棄
人間已然在足下
涓涓秋水
在雲端流成江河
人與詩俱飄飄欲仙

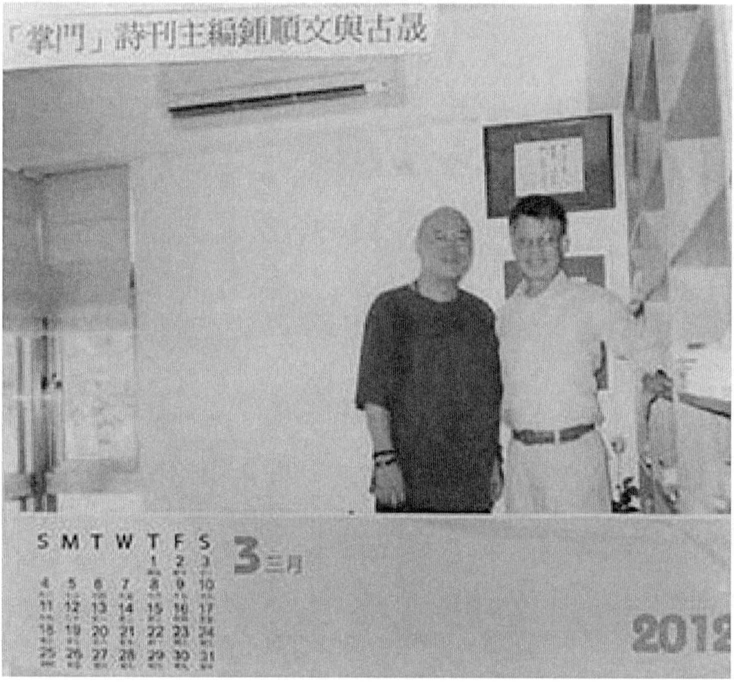

詩集的家

千百冊詩集的家
這家人丁旺盛
個個是經典
供你來讀取
或來結一段緣
若你未來
我是無怨的閨女
會等到你來

古晟在「詩屋」朗誦自己的作品
S M T W T F S
4
2012

到秋水織夢

紅塵多夢
織美夢，何處最佳
溯水聲而來
可在夢中流連忘返
滄海桑田不動如山
忘了我是誰
非蝶非鳥
到這裡織美夢
一夢都不想醒來

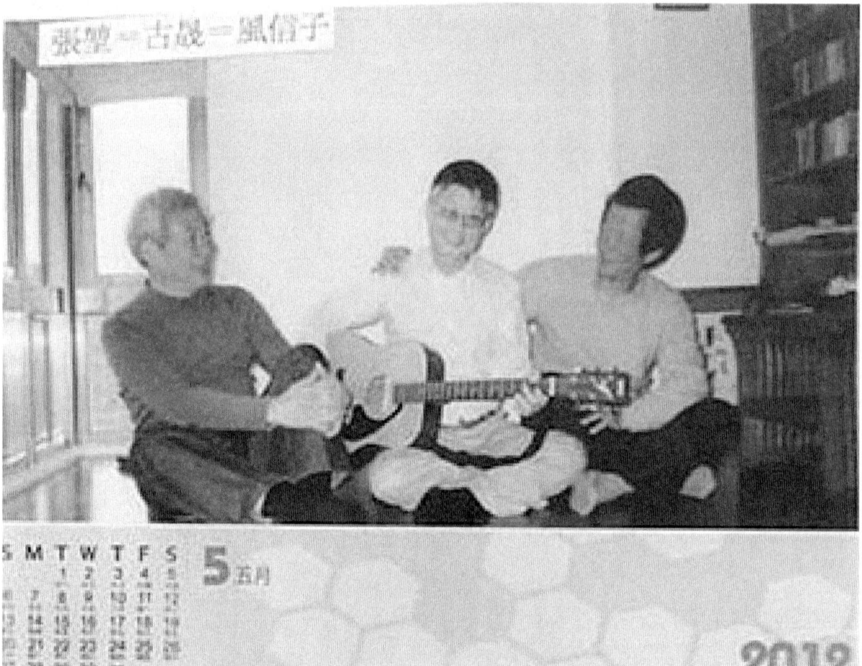

秋水之琴

並非高人出手
只是閒雲手癢
播弄一曲秋水之心聲
淙淙音符
撞碎湖面漣漪
而琴音
在滿室漂流
供人取暖

寫不完的詩

四十年五十年……
秋水漫漫的歲月
流域太廣
是一首寫不完的詩
唯美風彩飄揚
浪漫情懷悠揚
不滅的是未忘初心
讓故事永不落幕
因為傳奇活在人心

秋水雲影

水聲是永不止息的風向
兩顆寂寞的心傾聽
以心傳心
藏於雲端祕境
是閒雲詩影的鄉愁
我們循水聲而來
都為解愁
或以詩取暖

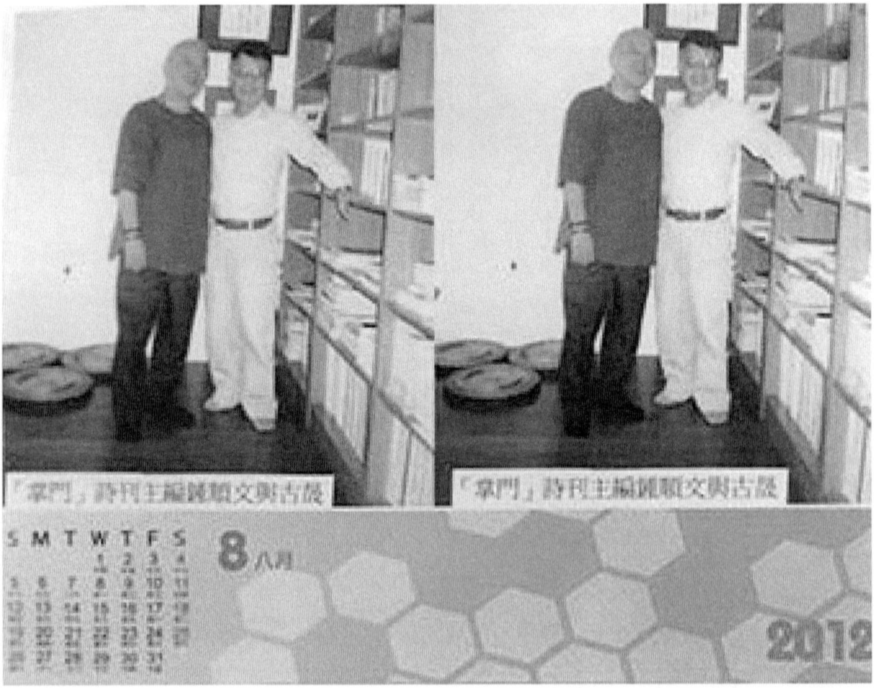

歲末朗誦會

這一方小小的祕境
到了歲末
成了詩展的舞台
詩人個個開啓一扇窗
身心靈沉澱後
讓自己的詩
走上伸展台
接受各家品頭論足

歲月說話了（一）

歲月在無情說法
打從你一出生
我常在你耳邊說
一如藍天白雲
免費上課啓蒙
知者恆知
不知者恆不知
惟你的來去
歲月說了算數

歲月説話了（二）

有人説度日子
也有説殺時間
好像很無奈
把歲月當廚餘嗎
大好人生是太平洋
碧海藍天白沙沙沙
最有價值
最豐富的歲月
可不能用度用殺的

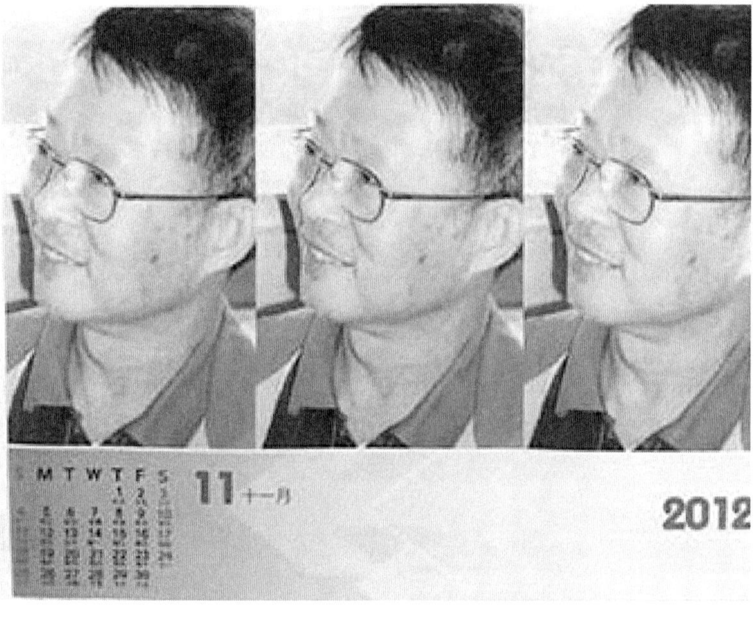

一隻黃昏

一隻黃昏急著
趕路回家
天黑超過想像的快
快一點
叫黃昏不要急著趕路
我只想坐看閒雲
不想追趕黃昏
讓她去吧

在「秋水詩屋」彈吉他給大家聽的古晟
12 十二月
2012

詩人的形像

身為詩人的天職
就是寫詩、創造詩
任何時候你就是詩
如這張照片
都坐立成詩的姿勢
有的人詩從眼神出
有從髮型出、服裝出
微笑出……
所出者都是詩

藏起一份情

不小看這薄薄的一張情
藏起來
如藏著一份戀情
只為這藏品
給我的感動
所以珍惜
偶爾拿出來把玩和回憶
這是生命的一部份

證據14：大人物詩酒文友群

另一詩國

自古以來詩壇上
也是列國林立
國際上百花齊放
各有主張
這一國的基本國策
是詩酒和美女結盟
乃詩的根本元素

詩長在樹上

詩長在這棵樹上
經常灌溉以酒
美女作伴散步
粒粒健康香甜
頭壯壯
中秋節到了
我們爬樹收割
一顆顆綠油油的詩
可以出版詩集

真情相約

寶山水庫的綠意盈盈
真情相約
鳥語花香與天色無關
有關的是等待在
水庫的一艘航空母艦
正喊著寂寞
我們在太平洋上巡航
搜尋一頓晚餐

笑傲的翅膀

詩人個個都想飛
渾身長翅膀
翅膀笑傲
把所有的天空剪破
欲望在天空解放
笑傲不是喝醉
乃笑不長翅膀的鳥
寫不出好詩

漂泊至此相遇

生命的大海無限流轉
沒有坐標
我們漂泊到此一詩國
偶然相遇
這份情的重量
是一杯酒
遠勝千載詩名

莽莽山間詩心情

別說你走到黃昏
白髮不到三千丈
酒還沒喝完
我們對人生的品味
一如往昔動婉清麗
莽莽山間
依舊嬌媚
詩心情懷四溢

家業兄在寶山種詩

家業兄感嘆正義都死了
不幹大律師
到寶山水庫種詩
綠色山莊盡是詩
每到中秋節詩滿山
大豐收
邀約好友來收詩
證明能長在大自然的詩
才是好詩

寶山水庫的傳說

家業兄把現代文明
流放到邊陲之外
在寶山水庫當野人
建構詩漾桃花源
並自立建造一艘航空母艦
水庫漂泊成太平洋
遠處炊煙嫋嫋
是他心靈的原鄉

她出家了

詩國美女突然頓悟
詩和酒不入涅槃
佛國勝詩國
於是她出家了
可就近靈山聞法
詩國佛國天各一方
懷念著蔣香蘭
大家遲早仍會相見
在西方辨詩友會

他到雲南安家落戶

他被同胞解救了
到雲之南安家落戶
每天有愛人
相伴賞花看月
種植一片綠油油的詩田
經營成神州仙境
前程望去萬紫千紅
我盼，同胞也來救我

緣起、不滅

一顆顆都是流星
無公轉無自轉
只因緣起
大家相伴
獲取一點點溫暖
溫熱一壺酒
微弱星光若能
不滅
該有多好

歡迎溫兆安主席

主席來訪
是兩岸天大的事
長期以來
北方低氣壓籠罩
四季已然冰凍
常有東北季風
主席來了
寶島有春天
大家有錢賺

道商經營大法

人脈之終極是
利他
賺大錢之大法是
布施
曾有施捨一笠
管天下者
不信可問梁武帝

路過江湖

此番路過江湖
找尋靠岸
眾人目光形成燈塔
指引方向
就在這裡聚為塵緣
聽熱情的濤聲
今夜啓動詩的遐想
是江湖上
最美的傳奇故事

三人行

我是紅塵一粒砂子
站在兩人中間
左右有靠山
因為有兩面鏡子
我更能看清自己
照亮前方
了知萬法實相
我要稱頌二位
恩主公

向眾生說法

做為一個人
我是三千大世界中
一粒微塵
一個假像
做為詩人
我笑傲蒼穹
一枝筆
穿透三界二十八重天

逆旅

走入這塵世
烟火不能不吃
就暫時住下
大千一逆旅
那色聲香味觸法
就當成逆旅
窗外
一輪明月

賣知識

一陣熱情的風吹向我
我水漲船高
肚子裡的貨
突然值錢
我乘風起時
騰雲駕霧飛到歐大
大賣我的貨
意外成了暢銷商品

三公

這是鬆散聯盟裡
逍遙三公
吳明興以行者的身份
在神州大地講經說法
吳家業把自己放生
在寶山當野人
老夫我，提史官巨椽
記錄他們對
人類文明文化的貢獻

一個過客走了

一個過客移民西方
繼續詩寫他的第三自然
他是羅門
某夜我們造訪
見他被詩國大業壓成
面黃肌瘦
他的詩太重了
不是一個過客所能承擔

作品的誕生

反復磨琢
多餘的肉都清掉
捨棄曾經擁有
再量量頭尾腰身
快要成形
再磨磨
形容詞副詞介系詞
統統也解職
完美作品於焉誕生

聞說美女來

聞說妳要來
微風開始說情話
飄葉寫情書
不久窗外細雨在泡咖啡
彩虹打扮得美美
這到底為什麼
妳來了
地球氣候不一樣

證據 15：三月詩會及其影像歷史

詩壇遺珠

沒有領導、組織、刊物
三月詩會
詩壇的位置何在
這些奇花仙草散播在詩壇
各祕境之角落
捕捉詩人遺落的夢
補足詩史失落的一塊

我們一走世界變了

聞說烏來有不眠之花
不死鳥
有詩門龍象
自成一個世外桃花源
我們特來考察
果然露珠星空
都是異樣的世界
只是，我們一走
世界就變了

我等元老

我們元老不賣老
不言吃的鹽比你的飯多
可我們寫過的詩
總長比長江黃河長
出版過的詩集
疊起來高過聖母峰
重量可以壓死很多人
惟詩的份量
就等未來的人去稱量了

詩人的世界

寫的清清楚楚不是詩人
詩人的世界
要不清不楚
意象要空靈，白和無
意境迷離，如霧中花
心事無從考證
真善美是存在的
證據不存在
詩人的世界不能解析

一信是詩壇勇者

現代中國兩岸詩壇上有
一隻九頭鵠
就叫一信
到很老的時候
多次進出醫院
被雪亮的刀侍候
黑白無常已走到門口
俱被一信喝退
閻王使者空手而回

詩人打鬼

詩人手無寸鐵
怎樣打鬼
詩人用筆
以筆為槍、為砲為戰力
可以斬妖除魔
何況倒扁打鬼
看啊！詩人麥穗現身
亂臣賊子懼

丁潁

隱於中台
詩人作家的早期播種者
心懷中華民族
憂兩岸之未統
他所發揮的熱力
竟使兩岸破冰
破海峽之冰凍
你是吾國統一之先行者

一信詩學研討會

風起雲來原因何在
怎樣把詩加熱
叫人心射出火焰
詩與金木水火土關係
還有色聲香味觸法
都要調理
一首詩才會誕生
一信深悟詩之法門
我們向他取心經

雪飛

雪，飛
這樣浪漫的情境
是雪飛的世界
他的詩有最多愛的含量
詞句鋪滿深愛
也活在戀愛中的
浪漫唯美詩人
此處難以久留
已移民西國

台客和古遠清

兩岸詩路
二人都喜歡走
並在兩岸牽起柔軟的紅線
以詩的溫柔降溫
撫慰人心
汝等皆一介書生
依然有心、有力
架起一座橋
連結不安的浪聲

狼跋

妳是詩壇女勇士
克服身體上的不便
展現自信容顏
以狼之圖騰
跋涉詩國
無懼水深草長路遠
狼跋
將狼跋解放

因詩而豐富長壽

想想這年頭
一個老人家
居於陋室
如何實現夢想
建立豐富長壽的王國
寫詩，成為詩人
陋室瞬間擴張成宇宙
詩又打敗了時間
詩人千歲有可能

寫什麼得獎呢

我自己也不太清楚
寫什麼得獎呢
還讓大老鍾鼎文頒獎
想想不過是風花雪月
因為肚子裝的只是鳥鳴蛙聲
腦子裝的天山雲影
胸中典藏著春雨夏荷
以及變色的滄海桑田
就這些而已

詩友連接

有一種氣息連接
是友誼落在兩人的手
因緣初起不熟
幸好有詩歌為共同語言
認證是同一國的
事後回想
像一朵玫瑰醒來
把記憶都連接

過日子

我們怎樣過日子
很充實的混過一天
身為詩人
當然要讓每一天都是詩
詩漾的生活
以詩行住坐臥
食之以詩
就是天天如詩之好日子
人生因詩而美滿

詩是走不了的

關雲和潘皓走了
但你們留在人世間的
詩，是走不了的
沒有秦始皇
無懼焚詩，活的詩
將與冷月孤星同在
遲早會等到悸動
在讀者心湖舞動漣漪

先賢的身影

一九九三年三月
三月詩會誕生
詩會之母有
藍雲、邱平、林紹梅、田湜
晶晶、王幻、劉菲、麥穗
謝輝煌、張朗、文曉村
人會老、會走
只有詩不老、不走
詩，永不移民西方

碩果四老

二〇一〇年三月四日
四老駐蹕真北平
晶晶、王幻、麥穗、謝輝煌四老神仙
依然在詩國散發媚力
指點江山
對島內邪魔另立乾坤
也勇於提筆上陣
斬妖除魔

年輕的容顏

一九九三年六月
年輕的容顏雅聚國家劇院
文曉村、謝輝煌、藍雲、晶晶
張朗、王幻、邱平、林紹梅
看得出坦露心事
皆是初春清秀的眉目
詩把世界擴張了
且將潛藏生命海底的千年祕傳
化為翩翩詩章

遠方詩友來

旅美詩人謝青來訪
二千年四月一日秀宛雅聚
汪洋萍、林恭祖、張清香
晶晶、關雲、文林、劉菲
賀志堅、傅予、潘皓、麥穗
張朗、王幻、徐世澤、藍雲
董劍秋、謝青、謝輝煌
應風聲邀請
再度喚醒船影行過之浪痕
以便編成詩集

忘年之約

唐溶在圓緣茶坊擺詩之舞台
一信、金筑、麥穗、邱平
周伯乃、文曉村、劉建化
晶晶、謝輝煌
提詩為足，上台共舞
生命的樂章映照成朵朵彩雲
管他今夕何夕
詩筆已穿透了時空
成為永恆的存在

秀苑雅聚

一九九四年九月十八日
這一方初生的星球
生態環境已然穩定
文曉村、林紹梅、劉建化、晶晶
謝輝煌、汪洋萍、邱平、張朗
王幻、一信、莫云、阿櫓、麥穗
是固定的水聲風聲
詩創作的基本元素
依然離不開人間的風雨浪潮
是這回雅聚的結論

兩岸詩會交流

兩岸眾多詩之江河
沿著文化血緣的流向
流到同一條河
大陸王常新教授訪台詩會
江洋萍、文曉村、林恭祖、邱平
藍雲、麥穗、張朗、一信
謝輝煌、王碧儀、莫野
晶晶、關雲、金筑、王幻
共構成中國詩歌之海洋

入會探索

我為探索詩法而來
風聲必須傾聽
傳奇應該要驗證
神話要揭開面紗
晶晶、關雲、一信、雪飛、王幻
童佑華、蔡信昌、謝輝煌、潘皓
許運超、許世澤、陳福成、麥穗
我深入解析
風聲、傳奇、神話
深不可測，尚待研究

神仙詩侶

詩壇上的神仙詩侶
自古以來是稀有物種
這一對的傳奇之奇
接近神話
神話與詩是不能查證的
丁穎已魂遊神州山河
亞媺仍以詩悠游於
泱泱秋水澤畔

兩座文壇大山走了

按兩位生前之偉業
都算文壇上一座大山
大山都走了
歸向浩瀚遙遠的
終極原鄉
人走了
你們的作品是不走的
我會接住
鑄成我要的寶劍

驀然回首

回首如夢
當年陳鼓應碰的事件
微風吹過
船行水無痕
四季輪替　明月來去
歲月已不再漂泊
如一首詩　離枝飄落
歸向大地

三月詩會姊妹花

那一顆星球四季都是春
那裡的花四季開
且不謝
是在一個叫
三月詩會的星球上
這裡有采言狼跋姊妹花
詩花朵朵開
有花的地方最美

證據16：佛　緣

吾有佛性

大師說我佛性
我怎麼沒感覺
藏在身體的何處
經五十年找尋
終於找到
皈依在星雲大師座下
有了佛性找佛緣
佛緣在哪裡
先和菩薩照張相吧

短期出家

總覺得佛性時有時無
如風中一盞小燈
又覺紅塵時濁時清
世界似有似無
不清不楚，真理何在
佛性跑得比野兔還快
更別提佛緣了
看來只有短期出家
出去找一找

來到原鄉

通往原鄉路難找
日子是黑白
讓人愁
大家一起找路
草木植根土壤
我們來到佛國
這裡是
歸根的原鄉

心中燃起一盞燈

有一個奇怪的現象
來到佛光山
身心靈都自然清淨
人人心中燃起光明燈
照亮四週
顫動之光焰
久久不熄
下山後大多很快熄燈
為什麼

友誼是一條路

本來是荒煙蔓草
我們走一條路
一條小路
友誼涓涓小涸
野草也長得快
所以路要經常走
常往來
路經久不走
很快被野草佔領

懷念劉學慧師姊

漸凍勇士陳宏
是無言說法的菩薩
學慧師姊的無私付出
在佛光山和漸凍人協會
成為千秋典範
妳雖已前往佛國修行
陳宏和劉學慧的傳奇故事
將在人間永留傳
也是兒孫家人
永遠的學習對象

同船渡

我們都在生命之海悠游
游來游去
遇到同游的魚
因緣是一條無形紅線
牽引我們
渡上了同一條船
又循著鐘聲來到一山寺
一起聽經聞法
明朝醒來渡向何方

進出山門

忘了這是下山還是回山
身心忽輕忽重
靈覺時有時無
到底背負了什麼
還是什麼沒放下
啊，修行這條路
進進出出
何時不需再進
或何時不需再出

在佛的家裡

我們到處找家
上輩子的家不記得
半世紀的家已結束
後來成家遲早散席
現在找到佛的家裡
據聞
也是我們自己的家
這個家永不散席
佛家，永恆存在

我們來謝佛

我們是知足感恩的人
謝天謝地謝父母
更重要的
我們來謝謝佛
佛給大家一個永不散席
永恆存在的家
也將我們的感恩
迴向萬民與
山河大地

前世之約

這麼那麼巧
在生命的業海裡
流轉了千百年
我的愛
到處找尋土壤
可以開成陽光與月色
始終找不到匯流點
竟在這裡相會
定是前世之約

不再流浪

生命大海漂流千年
才有前世之約
今世相見
我們許下諾言
再也不隨風去流浪
隨風雨起伏
我們就住在這裡
無住生心

我們又來了

上回我們去了
今年又來
都因不解如來義
不來不行
來亦未解佛心意
非要修到無所從來
亦無所去
所以我們又來了

三粒微塵

三千大世界俱為微塵
我等是三粒
小小小微塵
說微塵即非微塵
是假的
明明我等三尊佛
說佛即非佛是名佛
也是假相
請問真相何在

找尋法身

人生苦短
據聞
只有法身是永恆不死
大家相約而來
找尋這不死藥
尋尋覓覓間
在山上一瞬
就已綻放成永恆

空還是不空

修行這麼久
早課時腦袋空空
是不是空了
還是不空
只見四週的人坐成一座山
窗外的小鳥很忙
師父誦經一遍
眾人隨誦　空間
是空的

我

天上天下只有一個我
十方世界皆無二
世間無有如我者
你說說，這個
我，很偉大吧
我價值連城啊
說是我，即非我
是名我，根本無我
我，讓很多人頭痛

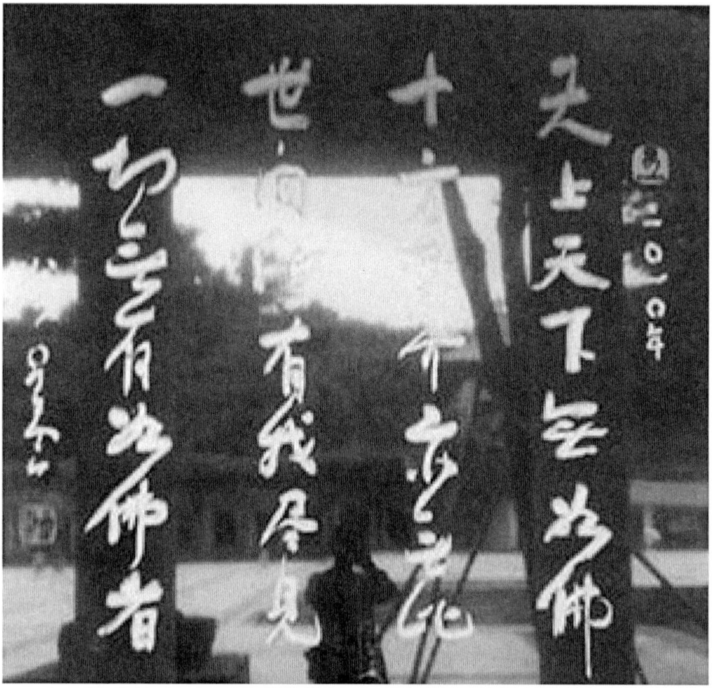

得法身

世間竟有比宇宙長壽
不可思議
要有恆河沙之功德
誰有這等能耐
只好去請教佛
佛曰淨其意如虛空
只要全身都空
空空，如虛空之空

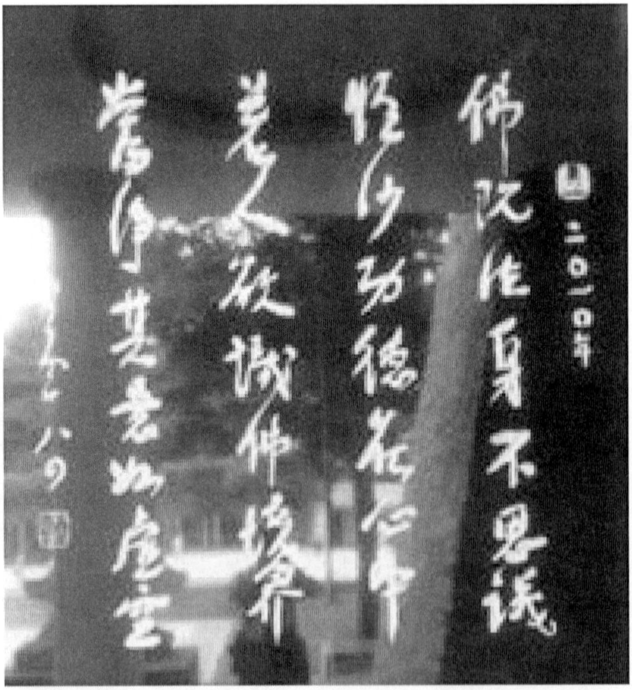

證據 17：關於天帝教

天帝教統一中國

我很好奇
不同於天主基督等
竟有一個新興宗教
天帝教
宗旨在中國統一
我率台大退聯會來探索
原來是天帝的旨意
天帝即上帝

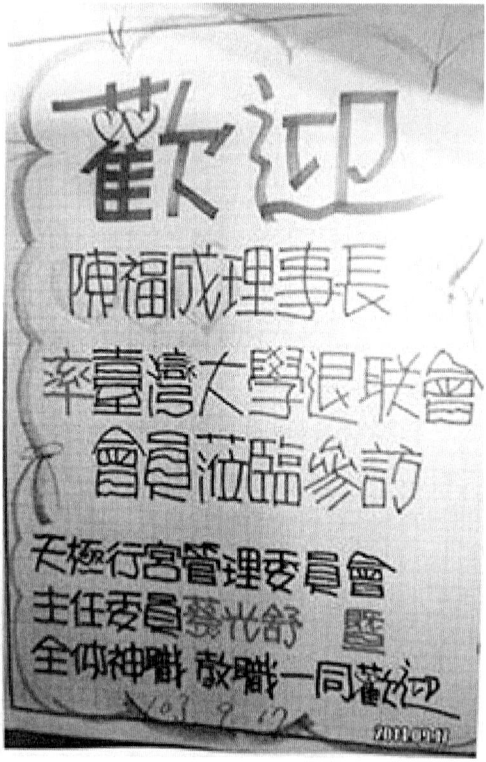

探索天帝教

宇宙大主宰
玄穹高上帝
天帝教教主頒詔命
晉封李卿極初為
天帝教駐人間首任
　　首席使者
傳佈宇宙大道
再造和平統一之中國
天命昭然
永垂典範

遇老革命吳建坤

當年為中國統一大業
我們獻身革命
我當營長
你當營輔導長
大業未竟一場空
沒想到你換跑道
獻身天帝教
有上帝加持
中國統一必定成

天帝教天極行宮

有兩大聖言立於左右
聖凡平等
天人大同
上帝旨意居中
長期祈禱保台護國和平統一法會
法會有諸神加持
上帝常駐蹕於此
為加速完成中國夢
中國再統一

玉靈殿三大任務

上帝晉封
孫中山為中山真人
蔣中正為中正真人
駐節玉靈殿並
任正副殿主
執行三大特定任務
三大合於一即
以無形力量加持
完成中國之統一

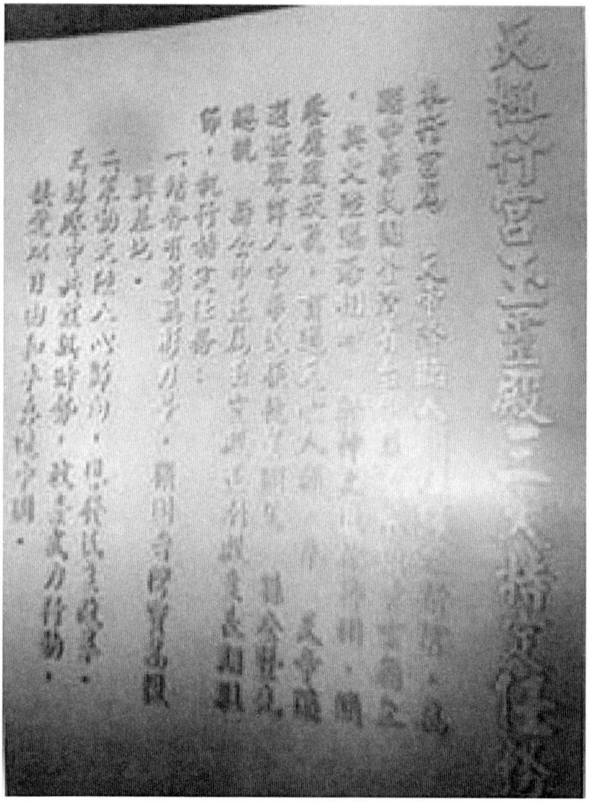

玉靈泉

玉靈泉是神泉
源自天上之水
水聲飄著上帝的心意
我們來此淨心
靈魂靜靜地
接通長江黃河華山的
心靈之泉
引領向華冑一統

天帝教之精神

人間災難何其多
劫無數
要怎樣救
帝教信徒有信心
先救台灣
清除島山毒魔
和平奮鬥救中國
實現中國夢

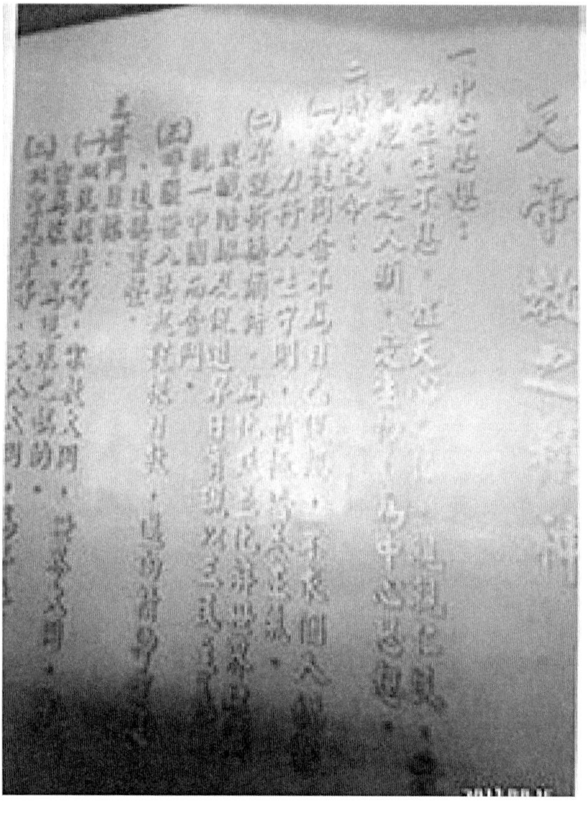

天帝統領五教

萬教歸宗　五教合一
儒佛道基督天主阿拉
都皈天帝座下　即
眾教教主
宇宙大主宰　玄穹高上帝
有萬神加持
亂臣賊子懼
誰能抗拒天帝旨意

化緣

我等到處行走
想要化緣
化中國統一之因緣
把那些風風雨雨
化成涓涓細流
把千山萬水化來
都成為天帝教的粉絲
早日實現中國人的
中國夢

初識帝教神職人員

初識不熟
只覺有早晨太陽的盛情
聽聞上帝要加持
中國統一
我等屏息以待
願成上帝堅強之粉絲
願力成就
中國統一大業

相見歡

相約在秋天
彼此心靈相擁
抱在一起
笑傲
天帝教的人間使命
中國統一
我們承擔
這是相見歡樂的約定

人生如夢

你在夢中行走江湖
搞中國統一
顯然非夢
夜晚有夢是正常
白日怎麼也夢
夢吃了你
於是你日夜沉醉夢中
人生如夢

證據 18：永懷長青

說這是夢

夢反對，曾經實踐了
說這不是夢
夢也不同意
那些初起的漣漪
早已幻化成夢
連夢也拉下鐵門
這不是夢
這是什麼

回憶

歲月向前行
記憶走回頭路
越走越年輕
青少年回來了
故事醒來
你難以入夢
總在回憶的夢境中
清醒

小島太荒唐

這小島上鬼真多
人其實也不少
但鬼太厲害了
廟堂上的鱷魚、鼠輩
到處是肥貓、蟑螂、禿鷹……
都是鬼的化身
現在專管人事
荒唐不荒唐

大家解放了

大家都放下
真的解放
在草原放牛吃草
心靈也解脱
放飛天空
有的飄浮成風箏
三界二十八重天間
飛來飛去
現在你們飛到哪裡了

簡單就是美

美不能複雜
簡單就是美
自然就好
不刻意請安問早
雨聲是天籟
用心神對話
國家民族家庭
放心上就好

曾經守候的春天

當那些禁錮的往事
又活了起來
記憶都醒來
在綠色山莊的日子
都是大家
共同守候的春天
春天是不回頭的
至少曾經守候
已經擁有

都被追老了

到底是什麼一直追著我們
不知不覺間
白髮三千丈
黃昏在無情說法
人是被追老的
你故意聽不懂
但光陰不會故意裝睡
一陣晚風吹來
心涼涼的

古橋邊悠閒

有綠野和古橋陪伴
一群閒雲靜下來
吸一口
價值連城的空氣
看正前方
有出岫的雲霧飛過
你靜聽
這荒野雖安靜
可聽見鳥鳴脈動

遺忘的門口

把現代文明都放逐
到荒野去打石取火
火光不小心
落在這門口
大家屏氣以待
星星射出銳利的光
喀喳一聲
你的傳奇
得以青春永駐

聚

沒有發生戰爭
是我們相聚的時候
大多時候用想念相聚
以心傳心
不立文字
圈外不傳
只有這種相聚方式
才能破解空間的管控

虛構的版圖

我們年輕時
立志成大功建偉業
建設一偉大王國
名叫長青
以神話為中心思想
以夢的元素
建構完備之典章制度
最重要是版圖要大
大過虛空

長青是一首好詩

長青雖是虛構的版圖
絕對是一首好詩
李白杜甫也寫不出的極品
虛空中的版圖
意象，鮮明而迷離
意境，空靈且浪漫
這是我們的夢境
許多人連做夢也不敢

未來一切有可能

現在只看到日出
屏息以待
開始有曙光、微明
但太陽爬得很快
很快光芒綻放
出現大自然奇景
幾十年很快不見了
未來
一切都有可能

你們的世紀

我常在想
我的世紀很舊了
你們的世紀
日新又新
那時會怎樣
星星月亮還託夢嗎
你們一定會揚棄舊的
重新建構
一個異星世界

這輩子值得

沒有共同的天下
亦無共享之版圖
卻各自成就一種天下之最
各自是一方版圖之領主
而且在各自的工廠裡
生產出最好產品
這些產品
未來必然佔領極大市場
我們這輩子值得

證據19：中國全民民主統一會

誕生

在一個神鬼交戰的年代
正義之神一個個淪陷
邪魔逐漸壯大
小島魔影幢幢
風聲也會嚇死人
有一神人叫滕傑登高一呼
中國全民民主統一會
誕生了

生命如曇花

好像童玩尚未離手
白髮已三千丈
人生價值尚未尋獲
生命意義何在
要有個答案
有了
我們為中國統一而戰
短短一戰
是我們人生的全部

回憶錄寫什麼

你走過大江南北
風沙捲不走你的記憶
該寫回憶錄了
寫什麼呢
好記在家譜為兒孫典範
也有了
就寫這輩子全為
中國統一而戰

蝴蝶效應

我等手無寸鐵
拿什麼革命
一支筆勝一個艦隊
一瓶礦泉水可以打天下
十三億人
只用口水
淹死台獨份子

島很黑

這個島太黑了
四季不見陽光
我們只好相聚於此
點起一盞燈
我們接力點燈
魔鬼台獨都怕光
只要我們永不放棄
小島會見到
統一之光

一團火

我們胸中一團火
團結火種
燃燒整個大地
灼烈煥醒眾生
煽動一股春秋大義暖流
可斬妖除魔
把氾濫成災的胎毒
化成灰燼

沉淪之島

這島快沉了
大家都怕滅頂
有辦法的先逃跑
剩下一些弱小
供頂層掠食者
食用
誰來救救沉淪之島
我們老傢伙先站出來
救藍色的

不老義士

我們是一群不老戰士
白髮飄飄
眼見這濁世
禮義廉恥死在臭水溝
忠孝仁愛骨荒水
其他逃亡了
滿街狼犬、到處走狗
我們看不下去
以全統會之名重上戰場

煙霧台北城

這個城市越來越朦朧
朦朧的上面
籠罩著朦朧的下面
比朦朧詩更朦朧
比留白更空靈
我們看不下去
決定以全統會之名
高舉火炬
火攻朦朧

重回石器時代

台獨偽政權
大幹去中國化
中國文明文化民俗都終結
把所有中國神明都流放
中國文字語言都淹死
四維八德這些老不死的
埋了吧
真好，小島重回石器時代
環保，又適合老人養生

萬法唯心造

老大哥，腳力還好嗎
千萬別說你不行了
你的心才是主人
心包太虛
有強大的力量
你站起來
山河都跟著站起來
你心一沉
世界都沉沒

藍色的夢

我們這群人是藍色的
做著藍色的夢
所以天空是藍的
海鷗高飛藍空織夢
全統會有夢
要讓神州天空全部變藍
大地百花還是紅的
草原當然是綠的
這是藍色的民主

聊聊統一

統派不聊統一
聊什麼
不能對足下土地陌生
叫鄉愁遠去
大海天空和土地統一
顏色味道統一
不能讓一個家
有外國人
是偷生的嗎

證據 20：華國緣

守住春風

春風吹拂青葉
葉與葉對話
大家相互鼓舞
互相加持
迫使烏雲退讓
陽光為黃昏彩繪
勾勒共同的心事
就是要守住春風

一匹白駒

我們被一匹無情的白駒
尾隨追趕
拼命向前跑
把時間壓縮
何必呢
你越怕牠追趕得越急
你放緩腳步
牠反而不追了
這是那匹白駒的德性

顧著靈魂

我們尋歡作樂
找杜康解憂
大碗喝酒、大塊吃肉
顧了身心
忘了靈魂
靈魂在虛無間漂流
也許他也想喝酒
在黃昏裡咀嚼寂寞
大家叫讓靈魂失落了

這裡不獨白

在你傳統的世界裡
你的語言越來越少人用
終於他們都不懂你的語言
你一人一國
只好獨白
走出來吧
這裡有我們共通的語言
不獨白
是我們共同的宣言

感恩

四季不冷不熱
大屯火山沒有發怒
天空沒有過重
海水尚稱理性
政客尚未搞光你的錢
小島未被賣掉
我們有吃喝有酒
女人尚能打扮
感恩啊

我沒有醉

吃飽喝足的鳥兒
叫個不停
都說沒有醉
只是四季輪替倒序
滿山夕陽紅
是不醒的藉口
酒醉的鳥兒看所有的鳥
才是醉了

喝咖啡聊是非

在我們的世界裡
喝咖啡聊是非
乃重要顯學
端一杯咖啡表示話語權
位高權重
三界二十八重天之事
重新界定
二戰後國際秩序
如喝咖啡

我們在五指山有塊地

嚴格說來
我們也算地主
在五指山有塊地
景色秀麗，面向中原
原本打算未來大家聚會用
沒想到現在面積縮小
小小的空間
只夠養一隻小金魚

證據 21：洪門

洪門醒了

我原以為洪門已
沉睡在歷史的城椁裡
沒想到現在醒了
為什麼
鐵定吃了一種名叫
中國民族主義的還魂丹
才聽到中國夢的呼喚

洪門山主

這位是五聖山山主
長像不像陳定南
但你一定比陳定南宏觀
你是廿一世紀中國人
你與十三億人一同呼吸
你看見中國夢
領導洪門兄弟
為中國統一大業
奮戰到底

洪門五聖山

五聖山是什麼
是神州大地長成的大山
食中國民族主義為養分
渴飲神州水
傳炎黃血緣基因
任何時候
中國有事
五聖山兄弟全部
出山，以山的姿勢

洪門基因

我們都有洪門的基因
四百年來
洪門食中國民族主義
而長生
我們體內有洪門一塊肉
一滴血
是我們體內血
我們一起疼痛
一起織大夢

老爸也是洪門大哥

說來你這輩子夠辛苦的
倭鬼打破了所有美夢
當長江黃河水改變流向
一路向南奔流
誰也無力抗拒大湖
竟流落到南蠻小島
加入洪門
期許共圖大業
原來老爸你也是洪門大哥

洪門大哥孫中山

今之洪門兄弟姊妹們
還記得前山主大哥
孫中山先生否
勿忘
和平奮鬥救中國
中國統一　繁榮富強
我們不忘初心
團結海內外兄弟姊妹
共同實現中國夢

相信未來

當惡魔打破你的美夢
當台獨偽政權
背叛中華民族
不孝子孫要分裂國家
我們依然相信未來
邪不勝正
不必多久
中國必走向統一

洪門英雄

大家撞倒了樹
大雨使山跑路
大海淹死土地
洪門英雄都不為所動
不改其地
獻身中國統一運動
是我們的天命
必須完成的天職

懷想先賢

懷想，胸中起大浪
先賢一身正氣
把黎民當天地
拋頭灑血
為編延炎黃血脈
喚醒泱泱民族魂
中華民族的子民們
生生世世不忘

我們（一）

物以類聚
春夏秋冬有相同臉色
無畏風雨
無懼邪魔妖怪
不怕鬼兇
就是要搞統一
洪門向來無畏
只要是統一的敵人
就吃了牠

我們（二）

洪門幹的是春秋大業
追求中國之統一
追尋中國人夢想
我們提著腦袋走路
四百年來
任務交接轉世
生生世世幹著相同事業
民族復興　中國統一

生命火焰

生命是多麼脆弱
偶然就不見了
人生如白駒過際
瞬間也過了
光熱都未看到
好可惜
現在投身民族復興
為中國統一而戰
你的火焰照亮中國史
照亮你的生生世世

我就是我

玉山阿里山跑了
我不跑
淡水愛河都死了
我不死心
四季風花雪月輪替
我只有一種姿勢
不與天賭　不與誰賭
我是我
始終如一的我

洪門情

頭可斷黃河不斷
血可流長江更流
兄弟永不分手
大浪淘沙
忠魂烈烈向前走
風雲又起
義膽忠肝不回頭
兄弟一起走

洪門面對新敵人

洪門還是洪門
敵人不一樣了
今天的敵人比滿清可怕
台獨是中了東邪西毒
會變形的妖魔
以自由民主為外衣
實為出賣民族的敗類
洪門兄弟要很小心面對
這種可怕的新敵人

證據22：生命有了交待

因緣姻緣

因和緣的源頭在那裡
無從理解
陽光流浪千萬里才碰到你
他也不知道從何而來
濤聲自遠處傳入耳
這因緣是近了
在夢幻泡影中
竟有些成就

耳邊住著一種聲音

一種聲音定居耳邊
很久了
總在寂靜時驚醒
那聲音忽大忽小
時有時無
仔細聽，原來是窗外
雨和淚
從那時起雨下個不停

有個地方好靠岸

許多航行的船
找靠岸的地方
好點燈取暖
有個祝福可以暖心
縈繞在兩人夢的世界
啓動一種力量
向現實世界靠岸
好靠近希望的明天

伴

這麼長的路要走
誰願意一路陪著
春花雖美不及百日
有空靈美感的
只是瞬間的存在
有個能行遠路的好伴
可免千山獨行
或獨白

行囊日重

原來兩袖清風
無論來去
不帶一片雲
現在有些行頭
行囊亦日重
清風老早不理我
花雪月也不美
肩上扛著
好幾個天下

常叮嚀的

她到處探索
我常叮嚀她的
外面的世界很黑
鬼比人多
要沉靜小心
要傾聽風聲
要觀察顏色
還有
走路不看手機

重構

共用的語言不多
名詞的界定也分歧
其他辭彙變化更大
迫使你必須
重構宇宙秩序
在自己的世界
重構
內外關係

擁有

現在擁有這麼多
真是不容易
水天美景盡在左右
微笑如春風吹過
幸福是船行過
都是曾經擁有
擁有一刻
價值千金

又過一年

過去的那一年是誰
不聲不響跑了
是一隻白駒飛過
夢中醒來
牠已不知去向
突然又來一匹
還來不及反應
牠又跑得老遠
是不是一年又過了

寧靜的對話

大家都安靜來去
行住坐臥寧靜
用寧靜對話
吃飯時說兩句
飽了、沒飽
此外，是窗風氣流
氣流
也是寧靜中的交流

以多為美

年輕時有一種想法
多就是美
如錢多好美
人多好辦事
中國人口世界第一最美
這五口之家
雖非多子多孫
以英文文法論
已是多數

欣欣向榮

每回到這場景
許多幼苗沐浴在春光中
欣欣向榮的景像
就覺得科學家說的
地球第六次大滅絕
是謊言
看這歡欣鼓舞
看這笑顏就知道
這世界是很有希望的

寂寞走開了

總想等一刻熱鬧
熱鬧好生火
趕走寂寞
逐出寒意
奈何緯度高不起來
只好走到中緯度
就有了一團熱火
寂寞全走開了

證據 23：生命的傳承與繁榮

迎向燦爛

看啊
閃耀初春的
艷陽
天空與大地交融成
萬紫千紅
傳承山東台灣的江河
開創黃金時代

溫暖的大火爐

世界很大
溫暖的地方不多
全球到處戰火
戰火不能當火爐
看看中台這口
大火爐
人間何處有
光是用看的
暖意上身

眾星好美

台北天空煙霧重
看不到星星
好想看星星可愛的樣子
等了很久沒機會
再等下去
土地都老了
只好到台中看
一見鍾情
有如看見忘憂草

可以試飛

你們開始練習起飛姿勢
翅膀還在長
遊戲場先當機場
得要小心
風聲是危險的
小鳥也在試飛
在尚未起飛之前
要試飛很多

慢慢認識世界

你們慢慢長大
也在逐漸認識這個世界
舅公急著告訴你們
大壞蛋的臉孔往往很和善
大騙子的語言很甜
致命的毒會用糖包好
包藏禍心看不出來
世間的鬼比人多
但你冷靜會有感覺

愛需要土壤

為什麼很多地方很冷
漠然
生不出愛
因為愛種在空氣裡
沒有土壤長不出愛
看看這裡吧
看這燦爛的愛
就知道這裡的土壤
含有極多愛的成份

陽光空氣水

人人都需要某種愛
才能生長
陽光空氣水相加等於愛
我靜謐守候
在四季秘境裡
找陽光空氣水
竟在這裡看到人間已少有
愛的世界

安居於愛

你們有共同的故事
在共同的苦樂中
織就共同的夢
安居於愛
經營共有的一座花園
未來有新的故事
才要起飛
去創造新天地

唐三藏收女弟子嗎

唐三藏西天取經
有收女生八戒嗎
或豬八戒變性
現在廟堂之上
盡是豬八戒
這兩隻
看起來好像大不同
萬法唯心造啊

你們都還青春

你們青春期未過
趕流行看星星
不怕月亮不露臉
像一隻青春期松鼠
東跳西跳
這就是生活了
以大自然為舞台
展演生命力

昨夜我牧羊

舅公昨夜牧羊
七隻小羊美夢
有一隻小羊不見了
去追黎明玩耍
我也從夢中醒來
找小羊
不久星星不見了
小羊回家

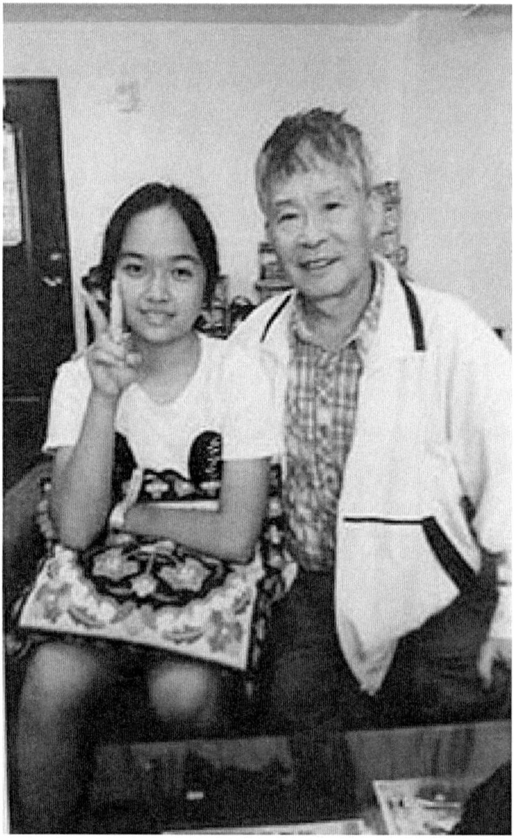

開台祖陳添丁第七代

我們的開台祖陳添丁
滿清末葉　從
福建泉州府同安縣
渡海　移居
台灣台中州大甲郡龍井庄
經百餘年開枝散葉
已到了第七代
將傳至千秋萬代
為中華民族之光

你是一首詩

寫了一輩子詩
總在找詩
詩在哪裡
看到你們
發現
小朋友是一首詩
而妳
是悠然的一首

你們未來的人生地圖

人類演化太快　現在
世界各國已在你們荷包中
地球只比你的小手大一點
未來要去哪裡玩呢
地球上玩來玩去
不外看死人和墳墓
好消息
月球火星旅行開始了

和你聊天

舅公和你聊天
我的天，一天天不見了
是不是被妳捉去
妳有自己的天
尚未劃出藍圖
妳的天在不遠處
屬於妳的天空
必是藍色的
四季有藍天

秀梅獲選模範母親

吾家小妹秀梅
是觀世音菩薩的化身
忘身忘苦
聞聲救苦
她身體力行無言說法
眾生皆有佛性
真好！觀世音常住吾家
成為所有人的典範

棋子或棋手

小朋友你漸漸長大
舅公急著告訴妳
人生很詭異
棋子或棋手
有時難以區分
最好是自由的棋手
可縱橫自如
妳得好好應付

小妹秀梅榮獲模範母親

每個母親都是菩薩
模範母親
就是模範菩薩
這是小妹天生的因緣
她以身說法
扶老攜幼
救苦救難
成為大家學習的典範

與小英雄相見

今天與小英雄相見
不是偶然
族譜上百年牽引
源自相同江河
才成就相見
這一瞬間
已是歷史的全部
可無憾

妳的愛情

舅公和妳賭一杯咖啡
妳長大會去找愛情
舅公也急著要說
這東東很詭異
沒有時想要
有了更煩惱
其生命期極短
短如曇花開
妳可要小心應付

不要等

舅公告訴妳一個
快樂成功秘訣
很簡單
凡事不要等
不要等山走向妳
勿等天上掉錢下來
凡事走在
時間和空間前面
妳便是時空的女主人

你是我的暖暖包

四季有冷有熱
島嶼常有冰雪
取暖的地方不多
現在抱著你
我全身溫暖
就是沒得抱時
想也是暖
你們都是我這輩子
最好暖暖包

證據24：祖國行

同路人

我們一路同行
河之南
山之西
天之涯
最終在生命中不朽
是愛與和平
我們的真誠友誼

兩岸一起搞

不久前
劉焦智是遠方路人甲
我在這頭
他在那頭

現在
劉焦智等人在那頭搞
許多人在這頭搞
遲早把兩岸搞在一起

釀一甕上好的友情

要花多少時間
才能釀一甕上好的友情
是漸
還是頓

我倆在三清山
煮雪釀酒
美酒一甕
兩岸生香

三兄弟謁關帝

三兄弟自小島台灣
到山西運城謁關帝
為取春秋大義之法要
為謀統一之途徑
我等血管連接長江黃河
胸中起大浪
省悟
你的項上人頭很輕
頭裡「義」字太重了

故宮

歷史之狂風
已被時間吞沒
恩怨成化石
故宮戰勝光陰
只要宮內重寶
流落海島
寶貝期待著
何時重回故居

我們

以因、以緣
轉動自己生命之法輪
因緣俱足
轉在一起，而成
同路人
我們有四季光彩
有風雨的陣仗
無金山銀山可揮灑
無官府衙門的高度

重慶大學

光陰把我們
打的
像一個陀螺
昏頭轉向
一陣風吹我們
到了重慶大學
盪漾著歲月的彩霞
瀲灩的光影中
誰看見了自己的容顏

第一次來西湖

忘了什麼季節
來到白居易和蘇東坡
經營的夢土
密藏的心事綻放了
有如看到許久未見的
老娘
一點也不陌生
找一家飯店住下
如住自家

長城

來到這條巨龍懷裡
放眼看出
我心安定
俯視那一片暮色蒼茫
怎天地之間
獨我一人
天地都在我心中
中國居心中之正中

大禹渡、黃河岸

洶湧的波濤向東流
流向我的血管心臟
壯懷我胸
中國是我我是中國
定要向先聖　大禹
取經
珍愛一生　並向
台胞講經説法

江西嚴田古村

走千山、游萬水
有奇緣
發現神州大地上
最浪漫唯美的古村落
像千年不老的姑娘
未見人間煙火
她生於唐宋
或明清

牽手走天涯

我們牽手走天涯
到了海之角
這是前世的約定
不知道時空如何變換
也難以把握方向
就隨緣自在流轉吧
生命有了交待與光華
心滿意已足

證據 25：黃昏六老加四

因緣

因不會從天上掉下來
緣不會從地裡冒出頭
我們不等山走過來
不等一朵花開
是黃昏六老加四
以真誠留住
留住這當下飄過的因緣
再加以灌溉成長

守住這口小火爐

天地很大
有暖意的地方不多
我們得守住這口小火爐
小火溫酒煮茶
點亮一盞小燈
微笑相望
看彼此眼中的星星如花
照亮生命旅途的
夜空

打破孤寂

一個透明的敵人
蠶食綠葉
不知不覺被蠶食一空
晦暗飄入心中
我們嘆息世界的黑
向自己的影子投訴
不怕！
只要兩人對話
能使透明敵人破碎

以靜制暴

經常性的大地震
無明而起的風風雨雨
在我們身旁此起彼落
吾等不為所動
用愛面對風暴
以杯酒釋災難
小火爐持續生溫
溫暖四週冰冰的世界

妳為我們織夢

妳從夢境走來
悠游於幻境之海
化成一隻浪漫美人魚
我們在須彌山相遇
共創夢工廠
訴説彼此的春風秋雨
共享一段風花雪月
我們
千山不獨行

我們很牛

堅持守住我們的小花爐
堅持用我的心燈
溫暖汝心
大家都點燈
火會更旺
溫熱更持久
就算四季飄雪
小島回到冰河時代
我們很牛
就是要守住這口小火爐

日子是一首詩

柴米油鹽醬醋茶
醞釀成一首詩
柴火是詩中發熱的真性情
米是組成的文字
油把字句潤色
鹽讓詩提味
醬任由不同風格揮灑
醋使一首詩好消化
把日子過成一首詩

台客遛人生

台客把人生遛得
有聲有色
把葡萄園遛得團團轉
粉絲多過韓流
退休後野心更大
把地球遛著玩
賞玩於手心
現在收心了
只在六老加四遛遛

友誼

內心深處有個純悴世界
只有陽光沒有黑夜
所見是青綠的真
永不乾涸的誠
大家在愛河留連
這是友誼藍天
陽光全天照耀
星星永遠不會躲起來
永遠駐在汝心頭

共享的情書

半個世紀沒寫情書了
現在要寫給誰
就給六老加四吧
你有每天散步運動否
打扮的美美的
像一隻唱歌的小鳥
或一隻做夢的魚
人生是一本多情之書
此刻我們共享書中之情

心鏡

鏡子照亮生活
吉他流浪如風
有很多干擾
琴音不為所動
天色不好
企圖打破心鏡
做夢也起漣漪
而我
站在這裡笑天下

你在酒國遛

眾生都在遛
人遛狗狗遛人
詩人遛詩
詩更也遛詩人
基哥遛酒
遛成酒國英雄
現在遛一把吉他
想去流浪嗎
流浪也遛人

證據 26：背著吉他去流浪

逝去的水聲

這是半個世紀前
流過的小徑
有水聲潺潺
指點江山
琴聲水聲都已久遠
四週的水越來越少
有一天不能游了
水聲回憶伴我前行

動靜

從這裡看出好前景
山丘旁老屋仍在禪定
從未見情緒起落
我感覺到了
我定居於流浪
管他風和葉的爭戰
山丘安住
屋宇不動如山

任意漂流是方向

回顧或前瞻
無差別
全宇宙的人都在流浪
宇宙是個流浪者
當下我感覺生命值得
任意漂流都是方向
我知道
最終漂向夢幻泡影

流浪

過日子很簡單
不外吃喝
過詩樣日子不容易
你要背著吉他去流浪
生於流浪，老於流浪
病死於流浪
人生之境界
於流浪中昇華

宇宙是我們的包廂

六老加四生活簡單
大家歡聚
宇宙一包廂
房間其實不大
銀河系就在對面
相聚，不小心碰到太陽
太陽風吹得舒爽
酒醉眼看出
包廂也在流浪

我癡否

我是背著吉他悠游的魚
時空之水越來越少
成了少少魚
琴聲是心中的詩意
時間不多
決心遛詩彈琴
那裡也不去
只在我的世界流浪
我癡否

生活簡化

簡化至美
簡單是真理
所以老夫
煮雲解喝
琴聲為食
流浪為居
窗外的水深火熱
盡是微塵
智者不惹微塵

向晚的琴音

吉他向眾人說法
願以悅音供養眾生
向晚的風走來
用手語美姿表達
黃昏用自己餘溫
點亮一盞燈
琴聲雖弱
向晚的風光
浪漫唯美

心觀這世界

低頭玩弄我的琴
如同把玩一個世界
心觀這場景
風和樹葉仍在爭主權
山花簇簇綻放
藍天瞬間有烏雲
相信當年佛陀所見
亦如是

琴音救地球

地球在水深火熱中
脾氣越來越壞
過熱使冰山融解
眾生都在掙扎
我用琴音消氣
以琴音滅火
安撫眾生
挽救我們的地球

證據27：一切有爲法・如夢幻泡影

泡影露珠

在微塵間穿梭
驚鴻一夢
向前向後
是泡影的生老病死
草上露珠展演浪漫
竟也亮麗鮮美
我才明白
瞬間、永恆和生死皆不二

大家都涅槃

光陰不饒人
出家去找佛
踏過山、飛過海
佛在那裡
學習日月的無情說法
似有所悟
不久
大家都涅槃

走在長江黃河

從小認識長江黃河
就在我心中流著
江河上白雲飄飄
飄進了夢鄉
抱著長江黃河睡著了
醒來後，澎湃的浪潮
依然
盪氣迴腸

詩人和文字的關係

詩人最大的敵人
就是文字
一輩子都不易搞定
因為詩人和文字的關係
如同男人和女人
講理言情説法都不通
只是一種感覺
感覺對了
就是好詩好人

夢中情人

只居於夢中
幽香傳情
不能醒來
所以我們夢中織夢
就好
叫一聲阿花
淡淡一縷香撲來
說是情人
應非矛盾

有光

看見有光，照我五蘊
我經過嵩山少林
所見皆光
在我腦海閃耀
照見前世
業中流轉
隱隱約約中看到自己
生·老·病·死
流轉來世

兄妹遛時光

現在還能遛什麼
最經濟的
就是遛時光
能自己掌控主權的
剩這一點點
遛著過去的點滴
遛現在的滿足
不遛未來

萬法唯心

你被壓迫在黑暗幽谷
不能脱困
只把心靈放飛
進出三界二十八重天
竟將地獄變天堂
為人類探知天機
謂地球將在二百年內毀滅
萬法將如何
心能否不滅

2018年10月21日
地球在兩百年內毀滅
△地球200年內毀滅
我們爭什麼?、
爲什麼??

陳福成著作全編總目

壹、兩岸關係

①決戰閏八月
②防衛大台灣
③解開兩岸十大弔詭
④大陸政策與兩岸關係

貳、國家安全

⑤國家安全與情治機關的弔詭
⑥國家安全與戰略關係
⑦國家安全論壇。

參、中國學四部曲

⑧中國歷代戰爭新詮
⑨中國近代黨派發展研究新詮
⑩中國政治思想新詮
⑪中國四大兵法家新詮：孫子、吳起、孫臏、孔明

肆、歷史、人類、文化、宗教、會黨

⑫神劍與屠刀
⑬中國神譜
⑭天帝教的中華文化意涵
⑮奴婢妾匪到革命家之路：復興廣播電台謝雪紅訪講錄
⑯洪門、青幫與哥老會研究

伍、詩〈現代詩、傳統詩〉、文學

⑰幻夢花開一江山
⑱赤縣行腳．神州心旅
⑲「外公」與「外婆」的詩
⑳尋找一座山
㉑春秋記實
㉒性情世界
㉓春秋詩選
㉔八方風雲性情世界
㉕古晟的誕生
㉖把腳印典藏在雲端
㉗從魯迅文學醫人魂救國魂說起
㉘六十後詩雜記詩集

陸、現代詩（詩人、詩社）研究

㉙三月詩會研究
㉚我們的春秋大業：三月詩會二十年別集
㉛中國當代平民詩人王學忠
㉜讀詩稗記
㉝嚴謹與浪漫之間
㉞一信詩學研究：解剖一隻九頭詩鵠
㉟囚徒
㊱胡爾泰現代詩臆說
㊲王學忠籲天詩錄

柒、春秋典型人物研究、遊記

㊳山西芮城劉焦智「鳳梅人」報研究
㊴在「鳳梅人」小橋上
㊵我所知道的孫大公

㊶為中華民族的生存發展進百書疏
㊷金秋六人行
㊸漸凍勇士陳宏

捌、小說、翻譯小說

㊹迷情・奇謀・輪迴、
㊺愛倫坡恐怖推理小說

玖、散文、論文、雜記、詩遊記、人生小品

㊻一個軍校生的台大閒情
㊼古道・秋風・瘦筆
㊽頓悟學習
㊾春秋正義
㊿公主與王子的夢幻、
(51)洄游的鮭魚
(52)男人和女人的情話真話
(53)台灣邊陲之美
(54)最自在的彩霞
(55)梁又平事件後

拾、回憶錄體

(56)五十不惑
(57)我的革命檔案
(58)台大教官興衰錄
(59)迷航記、
(60)最後一代書寫的身影
(61)我這輩子幹了什麼好事
(62)那些年我們是這樣寫情書的
(63)那些年我們是這樣談戀愛的
(64)台灣大學退休人員聯誼會第九屆理事長記實

拾壹、兵學、戰爭

(65)孫子實戰經驗研究
(66)第四波戰爭開山鼻祖賓拉登

拾貳、政治研究

(67)政治學方法論概說
(68)西洋政治思想史概述
(69)中國全民民主統一會北京行
(70)尋找理想國：中國式民主政治研究要綱

拾參、中國命運、喚醒國魂

(71)大浩劫後：日本311天譴說日本問題的終極處理
(72)台大逸仙學會

拾肆、地方誌、地區研究

(73)台北公館台大地區考古・導覽
(74)台中開發史
(75)台北的前世今生
(76)台北公館地區開發史

拾伍、其他

(77)英文單字研究
(78)與君賞玩天地寬（文友評論）
(79)非常傳銷學
(80)新領導與管理實務

2015 年 9 月後新著

編號	書　　　　　　名	出版社	出版時間	定價	字數（萬）	內容性質
81	一隻菜鳥的學佛初認識	文史哲	2015.09	460	12	學佛心得
82	海青青的天空	文史哲	2015.09	250	6	現代詩評
83	為播詩種與莊雲惠詩作初探	文史哲	2015.11	280	5	童詩、現代詩評
84	世界洪門歷史文化協會論壇	文史哲	2016.01	280	6	洪門活動紀錄
85	三搞統一：解剖共產黨、國民黨、民進黨怎樣搞統一	文史哲	2016.03	420	13	政治、統一
86	緣來艱辛非尋常－賞讀范揚松仿古體詩稿	文史哲	2016.04	400	9	詩、文學
87	大兵法家范蠡研究－商聖財神陶朱公傳奇	文史哲	2016.06	280	8	范蠡研究
88	典藏斷滅的文明：最後一代書寫身影的告別紀念	文史哲	2016.08	450	8	各種手稿
89	葉莎現代詩研究欣賞：靈山一朵花的美感	文史哲	2016.08	220	6	現代詩評
90	臺灣大學退休人員聯誼會第十屆理事長實記暨 2015～2016 重要事件簿	文史哲	2016.04	400	8	日記
91	我與當代中國大學圖書館的因緣	文史哲	2017.04	300	5	紀念狀
92	廣西參訪遊記（編著）	文史哲	2016.10	300	6	詩、遊記
93	中國鄉土詩人金土作品研究	文史哲	2017.12	420	11	文學研究
94	暇豫翻翻《揚子江》詩刊：蟾蜍山麓讀書瑣記	文史哲	2018.02	320	7	文學研究
95	我讀上海《海上詩刊》：中國歷史園林豫園詩話瑣記	文史哲	2018.03	320	6	文學研究
96	天帝教第二人間使命：上帝加持中國統一之努力	文史哲	2018.03	460	13	宗教
97	范蠡致富研究與學習：商聖財神之實務與操作	文史哲	2018.06	280	8	文學研究
98	光陰簡史：我的影像回憶錄現代詩集	文史哲	2018.07	360	6	詩、文學
99	光陰考古學：失落圖像考古現代詩集	文史哲	2018.08	460	7	詩、文學
100	鄭雅文現代詩之佛法衍繹	文史哲	2018.08	240	6	文學研究
101	林錫嘉現代詩賞析	文史哲	2018.08	420	10	文學研究
102	現代田園詩人許其正作品研析	文史哲	2018.08	520	12	文學研究
103	莫渝現代詩賞析	文史哲	2018.08	320	7	文學研究
104	陳寧貴現代詩研究	文史哲	2018.08	380	9	文學研究
105	曾美霞現代詩研析	文史哲	2018.08	360	7	文學研究
106	劉正偉現代詩賞析	文史哲	2018.08	400	9	文學研究
107	陳福成著作述評：他的寫作人生	文史哲	2018.08	420	9	文學研究
108	舉起文化使命的火把：彭正雄出版及交流一甲子	文史哲	2018.08	480	9	文學研究
109	我讀北京《黃埔》雜誌的筆記	文史哲	2018.10	400	9	文學研究
110	北京天津廊坊參訪紀實	文史哲	2019.12	420	8	遊記
111	觀自在綠蒂詩話：無住生詩的漂泊詩人	文史哲	2019.12	420	14	文學研究

112	走過這一世的證據：影像回顧現代詩集	文史哲	2020.06	580	6	詩、文學
113	這一是我們同路的證據：影像回顧現代詩題集	文史哲	2020.06	540	6	詩、文學
114	感動世界：感動三界故事詩集	文史哲	2020.06	360	4	詩、文學
115	印加最後的獨白：蟾蜍山萬盛草齋詩稿	文史哲	2020.06	400	5	詩、文學

陳福成國防通識課程著編及其他作品

（各級學校教科書及其他）

編號	書　　　名	出版社	教育部審定
1	國家安全概論（大學院校用）	幼　獅	民國 86 年
2	國家安全概述（高中職、專科用）	幼　獅	民國 86 年
3	國家安全概論（台灣大學專用書）	台　大	（臺大不送審）
4	軍事研究（大專院校用）	全　華	民國 95 年
5	國防通識（第一冊、高中學生用）	龍　騰	民國 94 年課程要綱
6	國防通識（第二冊、高中學生用）	龍　騰	同
7	國防通識（第三冊、高中學生用）	龍　騰	同
8	國防通識（第四冊、高中學生用）	龍　騰	同
9	國防通識（第一冊、教師專用）	龍　騰	同
10	國防通識（第二冊、教師專用）	龍　騰	同
11	國防通識（第三冊、教師專用）	龍　騰	同
12	國防通識（第四冊、教師專用）	龍　騰	同
13	臺灣大學退休人員聯誼會會務通訊	文史哲	
14	把腳印典藏在雲端：三月詩會詩人手稿詩	文史哲	
15	留住末代書寫的身影：三月詩會詩人往來書簡殘存集	文史哲	
16	三世因緣：書畫芳香幾世情	文史哲	

註：以上除編號 4，餘均非賣品，編號 4 至 12 均合著。
號 13　定價 1000 元。